Hélène Jean **BABIN**

Tout naturel

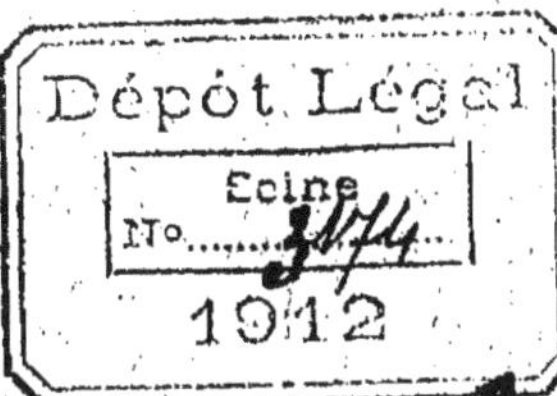

PARIS, 5, rue Bayard, PARIS

TOUT NATUREL

...... Les jasmins achèvent de fleurir..... ils enlacent de leurs caressants rameaux la vieille petite maison close, et, par ce soir de juin, la senteur pénétrante de leurs pétales immaculés flotte dans l'atmosphère comme un parfum d'encens qui calme et qui recueille.....

Quelle paix!..... les oiseaux se sont tus, endormis déjà sous le dôme des arbres ; le vent s'est apaisé pour ne point troubler leur sommeil, et, là-bas, les grands lis blancs, penchés au bord de l'eau, ressemblent à des cloches d'argent, silencieuses et toutes pures.

Toutes les lampes sont éteintes dans l'habitation fleurie..... Par la fenêtre ouverte du premier étage, on devine seulement le tremblotement discret d'une veilleuse..... Et, debout comme gardienne du logis, une forme svelte se détache, toute blanche, sur le fond assombri de la chambre.

C'est une femme. Attirée par les parfums du dehors et par cette paix qui émane de la nature, elle s'approche, et, pour se reposer un peu, appuie ses deux bras sur l'accoudoir de la fenêtre..... Ses cheveux, nattés pour la nuit, retombent lourdement sur le peignoir tout clair comme deux tresses de soie entièrement sombres, si quelques légers fils d'argent ne semaient déjà un peu de blancheur dans leurs ondes.....

Elle aussi, l'apparition, comme les lis ouverts, comme le chant du pâtre, s'harmonise avec le tableau charmeur..... Les grands yeux ont des profondeurs d'eau limpide ; ils regardent en avant, comme attirés uniquement par tout ce qui va droit, sans chercher à se détourner à droite et à gauche pour y trouver les voies les plus faciles.....

Marguerite Amadour ne rêve pas, elle se souvient, et c'est différent..... Dans sa vie, point de place, jamais, pour les chimères.....

Elle se souvient qu'un jour — oh! voilà bien longtemps, — sa mère l'a fait venir auprès d'elle, tout près..... Elle a pris ses mains pour les poser sur le crucifix, et simplement a murmuré :

— Marguerite..... je compte sur toi..... entièrement ; *ils* vont rester orphelins comme toi-même ; je te lègue mes droits sur eux..... tous mes droits! Sois ferme, mais aussi sois bonne, donne-leur toute la tendresse que je leur eusse prodiguée....., Punis, mais pardonne, sache leur adoucir les voies rudes....., Sois leur mère, en un mot.....

Et depuis douze ans, en effet, elle était leur mère..... Lourde charge que trois enfants! Les petites sœurs, passe! elles étaient si jeunes encore quand Mme Amadour avait disparu : huit ans! trois ans!..... Mais Jacques, dont les dix ans venaient de sonner ; Jacques, très indiscipliné déjà, malgré les remontrances de la grande sœur et du pauvre curé qui s'efforçait vainement de loger un peu de latin dans cette tête sans cervelle. Impossible de persuader à Jacques Amadour qu'un garçon qui se prépare à sa première Communion ne doit point monter aux arbres pour dénicher les oiseaux ni laisser des lambeaux de fond de culotte à tous les buissons du pays.

Jacques Amadour n'entendait point obéir :

— Eh quoi! Monsieur le Curé! Vous voudriez pas me voir changé en momie, peut-être?

Eh! bien sûr, non! une momie, pourquoi faire? Un peu moins de turbulence, voilà tout ce qu'il demandait, le bon prêtre, afin que l'exemple contagieux du frère de Marguerite ne continuât pas à endiabler les autres gamins du catéchisme.

— Après tout, M'sieu l'Curé, M'sieu Jacques « y » fait bien, lui!..... alors?.....

Alors ils assourdissaient le pauvre vieillard ; ils *criaient* les cantiques comme des possédés, et, dans le paisible presbytère, au milieu d'une sérieuse explication dogmatique, lorsque Jacques se levait, droit comme une tige d'asperge, en disant, le doigt étendu : « Tiens, une mouche qui vole! » tous

les autres cherchaient la mouche du regard, et c'étaient des
« hi! » des « ah! » des « oh! »

— Et comment donc se fâcher, Mademoiselle Marguerite?
On essayait bien de punir, mais ce sorcier d'enfant savait si
gentiment se faire pardonner ; il vous glissait entre les doigts
comme une anguille :

— Oh! Monsieur le Curé! Vous avez prêché sur la miséricorde, ne le niez pas!

— Monsieur le Curé, je ne voulais point vous faire de chagrin, et je ne vous en ai point fait, je sais bien! Et puis, cher-
chez dans vos souvenirs, mon bon Curé ; je suis sûr qu'à mon
âge vous en faisiez tout autant?.....

Et comme le bon curé trouvait justement dans ses vieux
souvenirs que, tout petit comme Jacques, il avait bien fait
quelquefois « l'école buissonnière », il hochait la tête en
prisant, et disait :

— Pour cette fois, je pardonne, mais si vous recommen-
cez!.....

Un regard plein de menaces accompagnait ces mots, mais
Jacques recommençait, et..... M. le curé pardonnait toujours.

Oui, Marguerite savait tout cela lorsqu'elle avait assumé la
responsabilité matérielle et morale de la jeune famille..... Elle
avait pris courageusement sa tâche à plein cœur, sans s'attar-
der à peser les sacrifices qu'entraînerait son dévouement. Elle
savait qu'il ne faut point trop vivre dans l'avenir, mais seulement le préparer, car les tristesses, vues de loin, paraissent
insupportables, au lieu que, présentées peu à peu par la divine
main qui les envoie et qui donne en même temps la grâce
fortifiante, elles deviennent faciles, presque douces à recevoir.

Elle ne se disait pas qu'il lui faudrait un courage très grand
pour faire face, toujours, aux difficultés, aux peines, pour
garder en son cœur jalousement tous les chagrins et les con-
trariétés, toutes les épines, en un mot, afin de préparer aux
enfants d'adoption quelques floraisons de joie dans ce chemin
raboteux qu'est l'existence humaine.....

Tout ce courage, elle n'en doutait pas, sa foi religieuse et
sa tendresse de sœur le lui donneraient..... Aussi, sans aucun
retour sur elle-même, elle avait simplement courbé ses épaules
pour recevoir le fardeau, et les petits orphelins l'avaient nommée « maman! »

Mais Jacques!..... Jacques!..... il la craignait peu..... — oh!
si peu!..... — et c'était pénible d'avoir recours constamment à
la sévérité, lorsqu'elle eût éprouvé le besoin d'être si tendre
pour ce petit frère qu'elle aimait autant que sa mère l'eût
aimé!

Jacques!..... C'était tout l'espoir de la famille..... Jacques
serait ingénieur..... officier..... que sais-je!..... Il serait le chef
d'une nouvelle lignée d'Amadour, bons, droits, religieux
comme leurs devanciers.

Tout cela, c'était le rêve de la pauvre morte ; mais lorsque
l'insouciance du petit garçon se fut dessinée très nette sous une
apparence de bonhomie et de vivacité, Marguerite plissa son
front blanc et murmura, pleine d'angoisse :

— Que fera-t-il?.....

On ne peut pas exiger d'un enfant qu'il abandonne ses jeux
et qu'il reste muet parce que la mort a frappé à sa porte ;
mais, tout de même, à dix ans, lorsqu'on a vu agoniser sa
mère, lorsqu'on a reçu d'elle une dernière bénédiction, il reste
dans l'âme quelque chose de tout cela, une empreinte sacrée
que ne mord point le temps..... Or, dans l'âme de Jacques,
l'empreinte avait presque entièrement disparu..... Il avait bien
pleuré pourtant en accompagnant au champ du repos le cercueil de sa mère, mais ses larmes, comme les pluies d'avril,
s'étaient rapidement taries..... Sans rien adoucir dans le ton
de sa voix, il s'était vite accoutumé à prononcer le nom de la
morte, parlant insouciamment du passé, très proche encore, où
Mme Amadour vivait :

— Maman disait ceci! Maman faisait cela!.....

Et c'était justement cette indifférente acceptation des choses
qui avait troublé profondément Marguerite ; elle eût pardonné
un peu d'étourderie, elle ne pardonnait point cette facilité
d'oubli, et, tout angoissée, songeait :

— Jacques n'a point de cœur!

Alors, pour réveiller en lui la faculté de se souvenir et de
regretter, elle avait inventé une touchante ruse, de ces ruses
délicates, ainsi qu'en ont seulement les âmes très tendres et très
profondes..... Chaque samedi, le soir, au déclin de la semaine,
elle partait, entourée des trois enfants ; ils la suivaient sans
questions, car ils savaient déjà quel chemin elle allait
prendre..... En effet, invariablement, après un quart d'heure

de marche, on apercevait, au fond de la vallée, un petit jardin
semé de croix, fleurs d'immortalité......

D'instinct, le babil des deux fillettes s'arrêtait, Jacques lui-
même marchait sagement aux côtés de Marguerite, sans courir
après les papillons et sans taquiner ses sœurs..... On pressait
le pas vers la porte qui s'ouvrait toute grande et l'on suivait le
sentier étroit que bordait une double rangée de tombes......

Sur la plupart des tombeaux, l'herbe poussait épaisse ; pour
lire les noms gravés, on devait se labourer la main aux épines
et sur la terre qui recouvrait ces morts on ne voyait jamais
l'empreinte d'un genou!......

Au fond du cimetière apparaissait, plus consolante, la tombe
de Mme Amadour : un petit terrain carré, sans clôture, mais
couvert complètement par un tapis de lierre et de pervenches.
Au chevet, une croix de granit, du plus simple modèle, avec
ces mots gravés jusqu'au cœur de la pierre :

MARIE-LUCE AMADOUR, NÉE SAINT-ESTEYPE,
MORTE EN LA PAIX DU SEIGNEUR A L'AGE DE 46 ANS,
DE PROFUNDIS !

Au-dessous, une autre inscription se lisait encore :

A LA MÉMOIRE DE FRANÇOIS AMADOUR, CAPITAINE DE VAISSEAU
MORT EN CHRÉTIEN AU POSTE DE L'HONNEUR
ET ENSEVELI DANS LES MERS DE CHINE
PRIEZ POUR LUI !

Les quatre orphelins s'agenouillaient sur le sol ; ils dépo-
saient au pied de la croix quelques fleurs cueillies sur le chemin
ou quelques roses glanées aux buissons de la *Maisonnette*.

Marguerite laissait les petits arranger à leur goût le bouquet apporté ; puis, lorsque les enfants, de nouveau, s'étaient
recueillis autour d'elle, elle disait, de sa voix douce et grave :

— Maintenant, ouvrez vos cœurs et demandez-vous si *tout*
ce que vous avez fait, cette semaine, vous pouvez l'offrir à Dieu
et à maman.....

Les fronts se courbaient dans les petites mains, et l'examen
commençait. Il durait plus ou moins longtemps, d'après les
événements des jours écoulés, et quand c'était fini, tristes ou
heureux, suivant que leur conscience avait été ou non un
accusateur sévère, les enfants se levaient pour embrasser leur

sœur aînée..... Mais elle, à genoux toujours, après leur avoir
rendu maternellement leurs caresses, retombait dans sa méditation : à son tour, elle aussi se demandait loyalement si elle
n'avait rien omis de ses grands devoirs..... Si, pour ces petits
orphelins qui étaient ses frères, elle n'avait rien refusé, rien
négligé, jamais?

Et comme, invariablement, sa conscience très droite n'avait
rien à lui reprocher, un grand rayon de paix semblait illu-
miner son âme. Autour de la tombe, par les temps gris
comme par les jours ensoleillés, une douce lumière descendait,
éclairant le chemin parcouru et le chemin à parcourir encore...
Au ciel, tout près de Dieu et de leur père, Mme Amadour souriait, les bras tendus vers eux, une expression très tendre dans
les yeux, à l'adresse de sa fille aînée, « la seconde mère » ; elle
paraissait lui dire :

— Courage, c'est bien! je suis contente de toi!.....

Et, plus énergique, après, pour reprendre sa tâche, Marguerite se levait. Elle tenait la main des mignonnes, comme péné-
trée davantage de sa responsabilité ; elles-mêmes, les petites,
se pressaient contre « la grande », comprenant mieux, d'instinct, la nécessité de s'appuyer sur elle, uniquement.

On reprenait le même sentier, puis la route, sans rien se
dire..... La simple solennité de l'acte accompli mettait une
teinte de gravité sur les visages enfantins, et, chaque fois, un
grand espoir venait au cœur de Marguerite :

— Jacques, enfin, a compris, il va s'amender peut-être.

Mais, dès qu'on n'apercevait plus la grille noire du cimetière,
dès qu'un incident joyeux avait détourné l'attention de l'enfant, c'était fini ; l'insouciance reprenait son domaine un instant cédé aux bonnes résolutions, et le Jacques insoumis et
flâneur réapparaissait de nouveau.

Insensiblement, jour par jour, un pli s'était creusé au front
de Marguerite ; l'avenir de Jacques inquiétait la jeune fille, et
la surveillance continuelle dont elle devait entourer son frère
l'excédait de fatigue ; les vingt-cinq ans de Mlle Amadour
étaient bien inexpérimentés encore, et pour acquérir de l'in-
fluence sur l'enfant, sans le buter, il fallait une étude inces-
sante, très difficile.....

Et puis, s'il ne travaillait pas, que ferait-il plus tard?.....

On n'était pas riche, à la *Maisonnette*..... Soixante mille francs
à partager entre eux tous, une vache et l'habitation avec le
jardinet où poussaient les fruits et les légumes..... Il fallait
bien calculer pour aller du 1er janvier au 31 décembre sans
écorner le capital ; il fallait user ses yeux sur les pantalons
déchirés du petit frère, sur les robes et les bas d'Ypriane et
d'Ange..... il fallait encore, de ses mains, bien souvent, arra-
cher les herbes folles du potager et donner un peu d'eau, le
soir, aux plantations nourricières.....

Et Marguerite suffisait à tout, sans se plaindre ; l'unique
bonne de la *Maisonnette* était debout moins tard et moins tôt
que sa jeune maîtresse, et quand les paysans d'alentour pas-
saient à une heure très matinale ou très avancée près de l'habitation Amadour, ils étaient sûrs d'apercevoir, active et légère,
la silhouette de la jeune fille vaquant à ses multiples occupations..... Alors, eux, accoutumés pourtant aux labeurs sans
trêve, suivaient un instant avec admiration la forme agile qui
se mouvait dans la clarté de l'aube ou dans les ombres du
soir, et murmuraient :

— N'importe! elle est bien courageuse, Mademoiselle Marguerite ; elle est dure à l'ouvrage!.....

Mais, invariablement, l'un d'eux, plus philosophe, hochait
la tête et ajoutait :

— Que voulez-vous, ça se comprend. elle est tout quasi-
ment la mère du petit monde!.....

II

Dans l'encadrement de sa fenêtre fleurie de jasmins, Marguerite continue son pèlerinage à travers le passé. Elle a détourné sa pensée de Jacques, pour la reporter, attendrie, vers
ses petites sœurs. Ses yeux, instinctivement, ont des lueurs
plus douces, et ses lèvres sourient en murmurant :

— Ypriane!..... Ange!.....

Tout le bonheur de sa vie est dans ces deux mots, ces mots
qui évoquent l'image très chère des fillettes, des fillettes qui
lui ont fait ressentir toutes les joies de la maternité.

Elle se souvient des caresses, des mots délicieux qu'ont prononcés les mignonnes..... de leur empressement à courir dans
ses **bras** pour **y** chercher un refuge, lorsque Jacques les pour-

suivait..... de leur docilité à s'instruire, de leur attention soutenue, lorsque la grande sœur, « maman Guite », leur racontait l'histoire du prophète Élie ou de Moïse sauvé des eaux.

C'étaient des heures délicieuses que Marguerite avait passées là, à voir s'ouvrir l'intelligence de ses élèves, des heures qui la payaient largement de tous ses travaux, de tous ses soucis..... Ange surtout, la dernière, lui donnait tant de tendresse et de consolation!..... Elle était devenue la préférée, cette innocente, la préférée sans que Mlle Amadour elle-même s'en doutât..... Un tel attrait existait entre ces deux âmes de sœurs, l'aînée, la plus petite, que pour Marguerite rien n'était complet sans le sourire d'Ange, et que pour Ange rien n'était bon sans la présence toute proche de Marguerite!.....

Ange avait pris de son nom toute la grâce céleste; dans son visage doux, les yeux étincelaient, sous leur frange de soie blonde, noirs, profonds, remplis de tendresse et de pureté..... Quand elle jouait, assise tranquillement aux pieds de sa mère adoptive, Marguerite craignait toujours de voir des ailes blanches s'entr'ouvrir et la petite sœur chérie s'envoler..... Alors, presque violemment, elle attirait l'enfant sur ses genoux et la serrait contre elle..... Ses bras entouraient, protecteurs, le petit corps si frêle, et ses lèvres, passionnément, baisaient le cher visage levé vers le sien :

— Ange!.....

— Maman Guite!.....

Et cela suffisait ; cela disait plus à leur cœur que de longues paroles ; dans leurs deux noms ainsi prononcés, il y avait de part et d'autre un mystérieux et tacite échange d'affection sans mesure.

Ypriane aussi était bien gentille..... mais, tandis que sa petite sœur restait à jouer tout contre Marguerite, pour le seul bonheur d'entendre de plus près la voix chère et de sentir courir les doigts blancs de la jeune fille dans les boucles de ses cheveux blonds, Ypriane, après avoir tendrement embrassé Mlle Amadour, sentait le besoin, un besoin impérieux, de courir follement dans les allées du jardinet..... Légère comme un jeune faon, elle bondissait, suivant le vol capricieux des libellules ou se glissant traîtreusement sous le ventre de Violette, la bonne vache au poil roux, pour tirer un peu de lait dans le creux de sa main et le porter à ses lèvres :

— Oh! Mademoiselle Ypriane! elle n'aurait qu'à vous renverser!.....

Mais Ypriane, d'un saut, était loin déjà, tout heureuse.....
A sa bouche rieuse moussait encore un peu d'écume blanche,
l'écume du bon lait que Violette s'était laissé prendre.

— Ne crains rien, Josa!..... Elle est si douce!.....

Et la vache, en effet, tranquillement, achevait son repas
d'herbe ; de son calme et bon regard de ruminant, elle suivait
la petite folle, qui, pour la récompenser d'avoir été « très
sage », revenait en courant lui mettre un gros baiser entre les
deux cornes.

— Viens donc, Ange!..... C'est si amusant!.....

Mais Ange ne bougeait pas ; l'inconnu lui faisait peur ; elle
se rapprochait de Marguerite pour se blottir contre elle, la tête
câlinement appuyée sur ses genoux.

— Va jouer, mignonne!.....

C'était à contre-cœur que la jeune fille lui donnait cet ordre ;
elle eût préféré la garder encore.

— Non! je suis si bien près de toi!

Mais Mlle Amadou, considérant le teint trop blanc de sa
sœurette, mettait un peu de sévérité dans sa voix, et, repoussant
avec douceur l'enfant, disait :

— Ange, va jouer, je le veux!.....

La petite fille se levait, docile..... L'œil triste, elle considérait
la place où elle se trouvait si bien, et se mettait à trottiner dans
les allées semées de sable pour rejoindre Ypriane qui l'attendait, et Marguerite, pensive, la regardait s'éloigner.

— Si je disparaissais, elle en souffrirait plus que les autres ;
elle a tant besoin de moi!.....

Et l'idée qu'elle pouvait partir et laisser Ange une seconde
fois orpheline et privée de caresses étendait un brouillard
humide sur la limpidité de ses yeux..... mais c'était court ; très
forte, elle se ressaisissait, et, doucement, murmurait la parole
du Christ :

— Pourquoi donc craignez-vous, hommes de peu de foi!.....

* *

Et la vie s'écoulait relativement paisible à la *Maisonnette*.
Jacques, après sa première Communion, était devenu complètement l'élève du bon curé.

— Comptez sur moi, Mademoiselle Marguerite, je le conduirai bien jusqu'à sa troisième..... Après, nous verrons.....

Après, il avait fallu « voir », en effet, et Mlle Amadour, tout effrayée, pensa au collège..... Comment le payerait-on? On obtiendrait certainement une demi-bourse chez les « Pères », qui ne demandaient qu'à aider les familles intéressantes. Mais l'autre moitié de la pension..... Comment faire?.....

Et voilà que, tout justement, dans une ville très voisine, on avait eu besoin, au pensionnat des Dames de Saint-Maur, d'une maîtresse de dessin. Les bonnes religieuses avaient naturellement pensé que Marguerite, leur ancienne élève, très forte dans cet art, accepterait de le professer.

Il s'agissait de donner chaque jour deux heures de leçons aux « grandes » du couvent..... Ce n'était pas très pénible, peut-être, mais il fallait, par tous les temps, soleil ou pluie, s'en aller, quitter la *Maisonnette* et laisser les petites sœurs. Les petites sœurs, heureusement, devenaient raisonnables ; Ypriane avait douze ans déjà, et Ange allait atteindre ses sept ans.....

Marguerite avait consenti avec reconnaissance à la proposition qui lui était faite, et, chaque soir, elle avait dû veiller jusqu'à une heure plus tardive afin d'accomplir la somme d'ouvrage qui avait souffert de son absence.

— Elle est bien travailleuse, Marguerite, disait-on quelquefois en parlant d'elle.

— Bien travailleuse, c'est vrai ; mais cela met un intérêt dans sa vie! Si elle n'avait pas ces enfants à élever, si elle était toute seule, elle serait très malheureuse!.....

Et Marguerite avançait dans sa voie laborieuse, sans demander à être plainte ; personne n'avait jamais su si l'ombre d'un regret ou d'une lassitude était venue effleurer son cœur..... La vaillante fille était trop fière pour demander aux indifférents l'aumône d'un peu de pitié..... C'est pourquoi, la voyant passer, le front haut, énergique sous le poids de sa tâche, on murmurait :

— Cette existence lui convient parfaitement, elle a su s'entourer de multiples occupations qui lui plaisent : mon Dieu! c'est tout naturel!.....

. . . .

Jacques était entré au collège, pour n'y travailler guère, hélas!..... Quelques jours avant les congés, il écrivait rapidement quelques mots à sa sœur aînée, et terminait presque invariablement de même :

Si tu peux, chère Marguerite, m'envoyer un peu, *tout petit peu* d'argent, tu me feras bien plaisir..... Nous allons en promenade à la fin de la semaine, et je voudrais pouvoir me payer et payer « aux amis » quelques petites douceurs..... Je ne désire pas, vois-tu, passer pour un « pingre..... » Au collège, c'est le défaut qu'on pardonne le moins !

Au reçu de ces missives quémandeuses, Marguerite réfléchissait...... Puis, un sécateur à la main, elle s'en allait dévaliser les plates-bandes du jardin fleuri..... Elle faisait de gros bouquets avec sa moisson parfumée; et, toute mystérieuse, appelant Josa, lui montrait sa cueillette :

— Tu porteras cela à la ville, demain, ma bonne Josa, veux-tu?.....

Josa comprenait tout à demi-mot ; elle soupirait un peu, puis, mettant les jolis bouquets dans son gros tablier de « cotonne » :

— Oui, Mademoiselle Marguerite, craignez rien! on y portera.....

Il en résultait quelques piécettes blanches qui, le lendemain, prenaient la route du collège. Marguerite les faisait suivre de bons avis maternels :

Je t'envoie quelques francs, mon petit Jacques, mais, je t'en supplie, sois-en bien économe ; l'argent est rare à la *Maisonnette*, très rare même, tu le sais ; il y a beaucoup à dépenser et il reste peu pour les fantaisies de chacun..... Je n'ai pas voulu te peiner par un refus, car j'espère que cela va t'encourager et que tu m'annonceras de meilleures notes le mois prochain.....

Ton dernier bulletin, mon petit, laissait beaucoup à désirer..... tu n'es que huitième en discipline sur neuf..... et tes places de composition ne dépassent pas le septième rang!..... Travaille mieux, je t'en prie, travaille davantage ; il faut dès l'enfance préparer l'avenir, surtout quand la fortune personnelle ne l'assure pas..... Allons, adieu, mon petit frère, tâche de ne plus rien me demander jusqu'aux vacances ; la garde-robe de tes sœurs est à renouveler, c'est te dire qu'il faut devenir très raisonnable et proscrire toute dépense inutile.

Je t'embrasse, mon Jacques ; aime bien ta petite maman-sœur.

MARGUERITE.

Jacques, en recevant ces lettres, à la fois tendres et sévères, fouillait d'abord avidement l'enveloppe pour y découvrir le bienheureux mandat..... Quand il l'avait vu, avant de lire d'un œil distrait les pages où la vigilante affection de Marguerite rayonnait toute, il appelait bruyamment ses amis, et, dansant de joie au milieu de la cour, s'écriait :

— Oh! chic, alors!..... V'là d'la galette!..... On va rien s'amuser!.....

Et les jours suivants, sans réfléchir combien chaque centime amassé coûtait de peines à Marguerite, il dépensait en roi son petit trésor, et, le mois suivant, d'une plume insouciante, écrivait encore :

« Mes livres sont usés : envoie-moi donc un peu d'argent! »

. . . .

Oui, de tout cela, Marguerite se souvient, accoudée toujours à l'appui de la fenêtre ouverte.....

Il est loin, déjà, ce temps de la mise au collège de Jacques, ce temps où Ange, la plus chérie, atteignait ses sept ans!

C'était l'époque où Pierre.....

Mais, à ce nom évoqué, Mlle Amadour tressaille ; elle ferme les yeux comme pour ne point voir une apparition troublante.

— Mon Dieu! après tant d'années, être si faible encore!.....

Sous le voile épais des paupières une larme a couru, rapidement séchée par la flamme d'énergie qui lui succède.....

Cette fois, c'est fini, le charme des réminiscences ; elle ne veut plus penser : à quoi bon remuer les cendres éteintes?.....

Un peu lasse, Marguerite promène lentement ses doigts sur son front blanc que sillonne une ride précocement creusée..... Une dernière fois son regard erre sur le jardin que la lune éclaire..... puis, calmée, d'un pas tranquille, elle s'éloigne ; Marguerite Amadour ne veut plus se souvenir!.....

III

Elle ne veut plus se souvenir qu'un soir, au détour du chemin, elle s'est trouvée face à face avec un homme jeune comme elle..... C'était un officier de dragons, qui, pour se promener, avait dirigé ses pas vers les bords de la Creuse..... Marguerite, elle, revenait de ses leçons quotidiennes ; elle marchait très vite, car l'heure avançait, et la rapidité de sa course avait amené un doux coloris sur ses joues..... Dans ses yeux, une flamme brillait, pareille aux clartés sereines des étoiles.

Mlle Amadour était vêtue simplement ; sa robe, cousue de ses mains, était en batiste blanche à grands dessins mauves, et son chapeau, garni par elle avec goût, était un léger paillasson autour duquel s'enroulait gracieusement une guirlande de pavots noirs.....

Le soleil allait se coucher, et sa lumière pourpre embrasait l'Occident et baignait de clartés roses le sous-bois où la jeune fille marchait.

L'officier s'arrêta, surpris et charmé de sa rencontre ; le passage était étroit ; il dut s'effacer pour ne point heurter Marguerite..... Mlle Amadour s'inclina devant lui et continua sa course.

D'instinct, le dragon s'était retourné, et, jusqu'au prochain détour de la route, il suivit la jeune fille du regard..... Dans sa promenade un peu triste et solitaire, Marguerite était soudain apparue à ses yeux comme jadis apparaissaient les fées aux chevaliers des légendes, et, la clarté du soleil s'étant atténuée très vite, il sembla au jeune officier que l'inconnue l'avait tout emporté avec elle.....

Souvent, encore, il y eut d'autres rencontres, et Marguerite, instinctivement, changea de chemin au retour, un peu gênée par le regard très doux du capitaine, qui, sans chercher jamais à lui parler, la saluait respectueusement et s'écartait pour la laisser passer.

Mais le soir, lorsqu'elle revenait à la *Maisonnette* par un autre sentier, elle cherchait, malgré elle, des yeux la silhouette familière ; et quand elle se surprenait à désirer l'apercevoir, elle haussait gaiement les épaules et murmurait :

— Que je suis donc enfant!

*   *   *

Un jour, chez une amie commune, ils s'étaient retrouvés face à face..... Un éclair de joie avait illuminé le visage énergique de l'officier, et Marguerite s'était troublée un peu lorsqu'on lui avait nommé le jeune homme :

— Ma chère amie, permettez-moi de vous présenter le capitaine Pierre de Valboy.....

Le lui présenter?..... Ne se connaissaient-ils point déjà?..... Et pourtant, que savaient-ils l'un de l'autre? Bien peu de chose, rien même, sinon l'instinct qu'un sentiment de sympathie mutuelle s'était infiltré dans leurs cœurs.....

Ils causèrent peu, de choses très banales ; mais Marguerite pourtant s'intéressait à tout..... Et lui, heureux enfin de l'approcher et de l'entendre, appréhendait l'instant de la voir se lever et partir.....

Mlle Amadour avait appris ensuite que Pierre était seulement pour deux mois à Hirson-sur-Creuse, la ville proche de la *Maisonnette*. Le jeune officier, ayant été souffrant, avait obtenu quelques semaines de repos..... Alors il était venu les passer auprès de sa mère, de sa mère infirme qui s'était retirée là, chez une de ses filles, mariée à un avocat à la Cour.....

Souvent, dans d'autres maisons, chez d'autres amis, les jeunes gens s'étaient de nouveau retrouvés..... Leurs conversations, peu à peu, étaient devenues plus familières, sans être intimes encore ; ils échangeaient leurs idées sur des sujets d'intérêt général, et s'arrêtaient, quelquefois, surpris de penser si bien de même.....

— Il me rappelle tout à fait mon père..... Si je fermais les yeux, je croirais l'entendre, se disait Marguerite pour chercher à s'expliquer la sympathie qui l'attirait vers le jeune dragon......

. . . .

Un soir, au soleil couchant, dans le petit chemin boisé qui serpentait au bord de la Creuse, ils se regardèrent un instant sans rien dire ; puis Pierre, au lieu de s'effacer pour livrer passage à la jeune fille, brusquement, rebroussa chemin et se mit à marcher auprès d'elle......

— Ne vous étonnez pas, commença-t-il, si je demande la permission de vous accompagner un peu. Ne craignez pas, ma mère sait que je suis vers vous...... Vu son infirmité, elle n'a pu venir à ma place..... Pardonnez-moi ce qui pourrait vous sembler incorrect dans ma façon d'agir..... D'ailleurs, vous êtes orpheline, et n'avez d'autre répondant que vous-même : c'est à vous directement que je dois m'adresser...... Il y a quelque temps, une première fois, dans ce même sentier, je vous ai vue..... Vous en souvenez-vous ?

Marguerite inclina la tête en silence ; certes, elle se souvenait ! c'était une heure semblable à celle-ci, une heure douce..... une heure inoubliable..... Mais parce que, justement, cette rencontre initiale était demeurée très vivante, intacte dans sa mémoire, Mlle Amadour sentait un trouble profond l'envahir ;

quelle place avait donc prise dans sa vie cet ami d'hier pour que chaque détail d'un simple coudoiement au passage se fût ainsi glissé parmi ses plus chers souvenirs?.....

— Vous aviez cette robe, ce chapeau même, et vous marchiez, comme ce soir, dans la lumière du couchant..... Avec moi, j'ai emporté votre image, et les meilleurs de mes jours ont été ceux où je vous ai rencontrée de nouveau..... Depuis, entre vous et moi, la connaissance s'est faite très complète ; point n'est besoin d'une longue étude pour lire en vous : tout y est clarté..... Je vous ai découverte très semblable à l'idée que je m'étais faite de vous-même..... Vous êtes vaillante et votre âme est militaire comme la mienne..... Hier, sachant mon départ tout proche — je regagne mon escadron demain, — j'ai compris que je partirais triste si je n'obtenais de vous un peu d'espoir pour l'avenir..... J'ai ouvert mon cœur à ma mère, elle a souri et m'a dit tendrement : « Va, mon fils! je la connais depuis longtemps par ouï-dire..... je sais qu'elle est digne de nous..... », et je suis venu, accompagné de la bénédiction sainte de ma mère..... je suis venu vous demander si vous voulez bien croire en moi qui vous promets devant Dieu de vous rendre très heureuse toujours..... Marguerite, laissez-moi partir demain en vous nommant « ma fiancée »!

Mlle Amadour, pâle comme le fond blanc de sa robe, marchait toujours aux côtés de Pierre..... Chaque mot respectueusement tendre du jeune homme éveillait un écho dans son pauvre cœur qu'elle avait cru fermé à tout espoir..... Elle comprenait maintenant qu'elle était faite pour le bonheur, comme les autres..... et son âme, rapidement, s'envolait vers un horizon bleu, sans nuage, très au-dessus des labeurs quotidiens, uniquement faits des devoirs qui étaient sa vie.

Ce fut un instant de lutte terrible, très courte..... A droite, Jacques et les petites sœurs..... A gauche, Pierre..... A droite le dévouement, à gauche le bonheur..... Marguerite ferma les yeux et ne répondit pas ; elle avait arraché une branche de saule et la tordait convulsivement entre ses doigts..... Le jeune homme, effrayé par son silence et par l'expression angoissée de ses traits, n'osait plus rien lui demander ; il sentait que dans le cœur de Mlle Amadour se livrait un combat décisif pour eux deux, un combat d'où sortirait pour lui une joie profonde ou un violent chagrin..... Près d'eux gazouillait, cristalline,

l'eau pure de la Creuse dans son lit raviné..... et sous le toit
verdoyant que les arbres formaient au-dessus de leurs têtes,
on entendait monter de joyeux chants d'oiseaux.....

— Marguerite..... répondez-moi.....

Mais Marguerite tourna ses yeux dans la direction de la *Maisonnette* invisible..... Le regard de son cœur y vit les deux
petites..... Elle se souvint avoir dit : « Si je disparaissais, Ange
souffrirait trop..... Elle a tant besoin de moi..... »

Oui, Ange avait besoin d'elle, Ypriane aussi..... et Jacques!...
Jacques, son constant souci..... Jacques, l'enfant qu'il ne fallait jamais perdre de vue une seconde..... Pour la première
fois, Marguerite trouva sa lourde tâche écrasante..... Etait-elle
obligée, après tout, d'écarter de sa vie la seule perspective
heureuse qui s'y présentât?..... Ne pouvait-elle point allier.....

Mais demain, c'était samedi, jour de visite au cimetière.....
Marguerite songea qu'il lui faudrait, sous l'œil de Dieu et de la
morte, découvrir son cœur et se demander dans l'entière
loyauté de sa conscience :

— Pour ces enfants, dont j'ai juré d'être la mère, n'ai-je rien
négligé, rien refusé, jamais?.....

Elle comprit que, depuis plusieurs années déjà, pour la première fois, il y aurait une ombre entre elle et sa mère.,.... que,
pour la première fois, elle se serait préférée à *eux*, ses petits.....
Elle eut honte de sa faiblesse..... elle jeta toute son âme en
haut, dans un muet appel vers Dieu, et quand Pierre, une troisième fois, demanda :

— Répondez-moi.

Elle tourna vers lui un visage pâli, mais pacifié déjà, et
murmura d'une voix très distincte, bien que très basse :

— Ma vie se doit tout entière aux trois orphelins que j'ai
adoptés!

— Je prendrai ma part de votre tâche, Marguerite.....

— Je l'ai seule acceptée, elle m'incombe toute..... Non point
que je n'aie en vous une confiance parfaite, mais je ne me sens
pas le droit de partager ma vie entre mes frères et de nouvelles
affections ; j'ai promis à ma mère de les chérir comme elle les
eût aimés..... et je sais que..... si..... mon existence devenait
autre, je pourrais aimer quelque chose plus qu'eux : une mère
ne place rien entre son cœur et ses enfants.....

— Je vous en supplie..... ayez pitié de moi, j'espérais..... Je me suis attaché à vous si profondément et si vite..... Avec vous, j'aurais pu affronter tous les chagrins, toutes les croix.....

— Vous les affronterez sans moi..... Un soldat doit avoir plus de courage.....

— Oh! si vous saviez, si vous me compreniez..... vous seriez moins cruelle..... Je souffre tant, par vous.....

Un sanglot s'étouffa dans la gorge du jeune homme ; il eut honte de pleurer, et, brusquement, meurtrit sa paupière du revers de sa main pour y sécher les larmes.

Marguerite, bouleversée par cette douleur qui trouvait un si fidèle écho dans son âme, reprit, la voix blanche, presque inintelligible :

— Séparons-nous..... oubliez..... oublions..... Il ne faut jamais peser dans la même balance le devoir et le bonheur : dans un cœur chrétien, le devoir doit l'emporter toujours.....

— Ma vie sera brisée..... toute!..... Elle était si pleine de vous!.....

— Vous y mettrez quelqu'un de plus grand : Dieu!.....

Il eut un geste désespéré.

— Vous ne me comprenez pas, balbutia-t-il..... Vous n'éprouvez rien de ce que j'éprouve..... Si vous saviez!.....

Elle se faisait un mal affreux à étouffer ainsi son cœur, à vouloir paraître insensible..... Mais, à ce cri désespéré de Pierre, elle se sentit faiblir, et deux larmes, deux grosses larmes, fluides diamants empourprés par les feux du soir, glissèrent lentes sur les joues jusqu'à ses mains jointes..... M. de Valboy les vit, ces larmes, et il eut un instant d'égoïste bonheur à penser que Marguerite souffrait comme lui.

— Un mot d'espoir..... soyez bonne!.....

Mais Marguerite Amadour, se raidissant une dernière fois, jeta ce serment :

— Ni certitude ni espérance jamais!.....

— Si je reviens!.....

— Partez.....

— Me repousserez-vous ?.....

— Adieu!.....

Elle lui tendit la main, mais à peine l'eut-il prise dans la sienne qu'elle la lui retira, et, sans se retourner, se mit à fuir vers la *Maisonnette* qui maintenant se dessinait au travers des arbres bordant le petit bois..... Pierre eut encore un appel ;

— Marguerite!.....

Puis il se tut, et la jeune fille l'entendit sangloter..... Cette
fois, il n'avait plus honte de ses larmes..... elles coulaient pressées, et l'impétuosité de sa douleur soulevait sa poitrine en vio-
lents soubresauts.

Il regardait s'éloigner Mlle Amadour..... Le soleil avait disparu, et, comme la première fois, il lui sembla que Marguerite
l'avait tout emporté avec elle.....

Et quand il ne perçut plus sur le sol le pas léger de l'orpheline, il revint lentement à Hirson-sur-Creuse, le cœur brisé.
Sa mère, en le voyant, devina son douloureux échec..... Sans
un mot, elle l'attira contre elle et le tint longtemps embrassé.
La sœur du jeune officier, elle aussi, comprit le chagrin de son
frère ; mais, plus philosophe, elle dit, écoutant le récit de M. de
Valboy :

— Que veux-tu, mon pauvre Pierrot, il faut tâcher de te
consoler ; ce qui arrive ne m'étonne pas. Son cœur était pris
tout entier par ces trois enfants, il est tout naturel qu'elle t'ait
sacrifié à eux..... Allons! embrasse-moi!..... Voyons, est-ce
qu'un homme pleure?.....

.   .   .   .

Le lendemain, Pierre de Valboy partit, et, dans le petit
chemin boisé serpentant au bord de la Creuse, on ne vit plus
jamais son uniforme de dragon.

.   .   .   .

Et Marguerite, alors, put aller au cimetière et, sans crainte,
s'examiner sur le tombeau maternel. Ce jour-là, elle n'avait
point apporté de couronne ; mais elle déposa fièrement au pied
de la croix son cœur saignant et meurtri..... Elle souffrait
cruellement, et pourtant une douceur inconnue l'inondait.....
Dans son âme, la clarté grandissait, aveuglante, et tout autour
d'elle un flot de rayons tombait..... Quand elle se releva, après
une longue prière, Ange, qui l'avait accompagnée, se jeta dans
ses bras en disant :

— Tu as pleuré, Marguerite..... Quelque chose que je ne
connais pas t'a peinée..... Alors, je t'aime plus que jamais, et
tu es deux fois ma maman.....

En effet, elle les avait tous trois de nouveau engendrés dans
la tendresse de son cœur.....

Et c'est pour ne point revivre ces heures douloureuses qu'aujourd'hui, après huit ans écoulés, Marguerite quitte la fenêtre aux jasmins en fleurs, et chasse, impitoyable, le souvenir qui fait toujours monter une larme à ses yeux.....

IV

La fenêtre aux jasmins s'est rouverte, c'est l'aube..... Le soleil émerge peu à peu de l'horizon embrasé, diamantant de ses rayons la rosée qui dort au sein des fleurettes mi-closes.....
Marguerite va et vient dans la chambre, un éclair de joie au fond de ses yeux bruns.....
— Allons! Ange! Ypriane! réveillez-vous, si vous voulez *le* recevoir!.....
Et tandis que les jeunes filles se lèvent, enfonçant leurs poings dans leurs yeux afin d'en chasser le sommeil, Mlle Amadour descend..... Il y a beaucoup à faire encore et le temps est court..... Il faut pourtant que tout soit prêt quand il arrivera..... Car il revient, lui, Jacques!..... Dispensé du service militaire, il a passé « son année » à Paris afin de perfectionner ses études très incomplètes..... Hier, il a écrit qu'il avait besoin de repos, et la *Maisonnette* s'embellit pour l'accueillir.
— Faut pas vous donner tant de mal, Mademoiselle Marguerite, pour ce gamin-là qui vient encore vous faire endêver.....
Mais Marguerite regarde un peu sévèrement la bonne Josa qui vient d'émettre si franchement son opinion irrespectueuse ; elle fait doucement remarquer à la brave fille que « ce gamin-là » vient d'avoir vingt-deux ans, et que, bien sûr, il a fini ses farces de collégien :
— Il sera mon bras droit, Josa.....
Mais Josa secoue la tête d'un mouvement incrédule..... Elle ne veut point peiner sa maîtresse, cependant elle a peu de foi en la conversion de Jacques Amadour.
— Après ça, je peux bien me tromper, Mademoiselle Marguerite..... je peux bien me tromper..... On verra.....
Elle semble pourtant garder une rancune inavouée à son jeune maître, car elle grommelle en obéissant aux ordres pressés de Mlle Amadour :
— Tu mettras le beurre dans la coupe en cristal..... et tu lui donneras la tasse de vermeil.....

— Tant d'histoires pour ce morveux! Comme si tout ce qui est bon pour nous n'était pas bon pour lui!.....

Mais Marguerite, un sourire aux lèvres, semble ne point s'apercevoir de la mauvaise humeur soudaine de la vieille servante..... *Elle sait* pourquoi elle agit de la sorte ; il faut que Jacques soit fêté à son retour par tout le monde et par toutes les choses; car il faut aussi qu'il apprenne à aimer la *Maisonnette*, à s'y trouver bien après l'absence..... à désirer toujours y revenir lorsque le devoir l'en aura éloigné.....

Aussi, la sœur aînée s'arme-t-elle d'une mauvaise paire de ciseaux et coupe-t-elle, impitoyable, les plus jolies roses du jardin, les branches vertes les plus touffues, pour en emplir les vases qui, tout à l'heure, orneront la table de famille.

— Ange! Ypriane, descendez-vous?

Le petit escalier de bois craque sous une grêle de pas légers, et, dans la salle mi-obscure encore, les jeunes filles font irruption :

— De quoi te plains-tu, maman Guite! s'écrie gaiement Ypriane ; nous nous sommes levées bien avant les oiseaux!.... Prête l'oreille..... les petits paresseux du bois ne chantent pas encore! Tiens, vois comme je suis belle, aujourd'hui, pour accueillir Monsieur mon frère..... Es-tu contente?.....

Mlle Amadour considère un instant sa jeune sœur ; puis, lui frappant la joue avec un bouton de rose :

— Coquette! dit-elle en souriant.

Et, de fait, Ypriane s'était consciencieusement « pomponnée ».

Depuis sa coiffure, très réussie, où fleurissaient quelques brindilles de jasmin, jusqu'aux petits souliers découverts, tout était irréprochable..... Aussi Josa haussa-t-elle furieusement les épaules en la regardant :

— Mettre une robe à volants qui m'a pris tant de minutes et tant d'heures à repasser!..... Tout cela pour ce Jacques!..... Elles ont toutes perdu l'esprit, je crois!.....

Pourtant, ses yeux viennent de se porter avec plaisir sur la silhouette fine — trop fine — d'Ange..... La fillette a sa robe de chaque jour, au moins!..... Mais pour se mettre un peu à l'unisson, n'a-t-elle pas attaché ses boucles blondes avec un large velours noir?..... un collier de même ruban ceint joliment son cou, faisant ressortir davantage la teinte laiteuse de sa peau.

Ange s'est assise auprès de la porte ; elle regarde rêveusement s'ouvrir les fleurs au premier soleil, étrangère à la vivacité d'Ypriane qui voltige dans la pièce comme un papillon.....
Enchantée à la perspective de l'élément nouveau que son frère va apporter à la *Maisonnette*, elle trouve long chacun des courts instants de l'attente :

— Ce train qui n'arrive pas!..... est-il insupportable!..... Tu verras qu'il aura du retard, justement parce que nous le désirons!..... 5 h. 8!..... Il devrait entrer en gare d'Hirson et il n'a point sifflé encore au passage à niveau de la Griblette!.....

Pour s'occuper, elle se met à danser dans la salle, courant d'une glace à l'autre pour se sourire enfantinement, et aussi, en vérité, pour s'avouer très simplement à elle-même que vraiment elle n'est point trop laide, ce matin.

Marguerite aussi le trouve. Depuis quelques secondes qu'elle a terminé ses préparatifs, Mlle Amadour s'est assise au fond, vers la fenêtre, et son œil suit les ébats de sa gentille cadette.

Oui, certes, Ypriane est jolie, fine, gracieuse ; elle rappelle tout à fait Marguerite à vingt ans ; mais elle a quelque chose que la sœur aînée n'a jamais eu, la vivacité charmante du colibri : on devine que la vie n'a point encore pesé sur elle.....

— Viendra-t-il en voiture ou à pied?.....

— Voyons!..... et ses bagages!.....

— C'est vrai! Et puis, peut-être est-il devenu un peu Parisien : nos routes, ça écorche les souliers vernis!.....

La jeune fille a repris sa danse interrompue, sans voir l'ombre qui avait passé brusquement sur le front de Marguerite. Devenir Parisien, son grand fils?..... Vouloir s'en aller encore, si loin, dans la Ville-Soleil..... Si pourtant?..... Mais non! Quelle invention d'Ypriane!..... Justement, un vieil ami de M. Amadour offrait pour Jacques un poste de confiance dans ses bureaux..... Pourquoi se tourmenter sans cause?..... Marguerite sourit un peu, le train sifflait au passage à niveau, mais tout de même une impression de malaise demeura :

— Peut-être est-il devenu Parisien!.....

. . . .

— Tu ne vois rien, Ange?..... Rien sur la route?..... Laisse-moi passer, il ne peut tarder maintenant.....

Ypriane franchit la clôture du jardinet, et, la main en abat-jour sur ses yeux, se mit à inspecter l'horizon.....

Marguerite était restée un peu en arrière..... A mesure que l'heure approchait où Jacques allait arriver, elle, la toute vaillante, tremblait..... Elle avait peur!.....

De quoi?..... elle n'aurait point su le dire ; de rien, et de tout à la fois..... Peur du grand jeune homme qui revenait avec des idées nouvelles, des goûts inconnus et différents des leurs... avec.....

Mais un cri de joie d'Ypriane vient arrêter la méditation craintive de Mlle Amadour ; tout au loin, la carriole du père François est apparue..... le même véhicule qui ramenait déjà le collégien à chaque vacance ;

— Le voilà!.....

Quelques secondes encore, et le vieux cheval a franchi la courte distance qui sépare Jacques de la *Maisonnette*.

— Descendez vite, Monsieur Amadour ; malgré ses dix-sept ans, Coco n'est guère tranquille.

La recommandation est inutile ; Jacques a sauté à terre, dédaignant le rustique marchepied de la non moins rustique voiture :

— Mon Jacques!.....

— Bonjour, frérot!.....

— Allons! ne m'étouffez pas! s'écrie en riant le jeune homme, s'arrachant aux trois paires de bras qui se sont attachées à lui..... Ange a grandi, depuis un an..... Ypriane est devenue..... faut-il le dire?..... très jolie, ma foi!.....

— Et moi, Jacques..... tu n'as rien à me dire?.....

C'est Marguerite qui parle ; son regard caresse l'arrivant ; mais, tout au fond, il garde une lueur d'angoisse..... Non point qu'elle redoute ce que Jacques répondra tout à l'heure à sa question gaiement posée..... mais il y a tant d'inconnu pour elle, maintenant, dans le cœur de ce jeune homme qui a grandi sur ses genoux!

— Toi, Marguerite? Voyons!

Il met ses mains sur les épaules de sa sœur aînée, et, très attentif, il scrute le beau visage :

— Oh! tu es devenue bien blanche!.....

Ses doigts effleurent légèrement les cheveux argentés qui givrent les bandeaux bruns de Marguerite ; puis, en souriant, il ajoute :

— Il paraît qu'il y a des soucis à la *Maisonnette?*.....

Mlle Amadour soupire tristement : tout le caractère de Jacques est dans ces mots!.....

— Il paraît qu'il y a des soucis, c'est-à-dire je les ignore!..... J'étais bien, là-bas, loin de vous, et durant ma joyeuse année j'ai fait tout au monde pour oublier que, dans ce coin de France poétique et charmeur, il y avait, sous un petit toit très modeste, trois femmes, mes trois sœurs, qui luttaient..... trois femmes courageuses qui s'inclinaient sur leur tâche, du matin jusqu'au soir ; tandis que moi, après avoir beaucoup bâillé sur des livres, j'allais « me distraire » en flânant sur les boulevards aux heures du « grand tapage », ou bien m'asseoir à la terrasse d'un café et fumer quelques cigarettes en causant — autant de bêtises que de mots — avec mes « bons amis..... ». Il paraît qu'il y a des soucis, c'est-à-dire : fâcheuse découverte! mais ne croyez pas surtout que je viens en prendre ma part..... Voyons, rien qu'à regarder mon sourire et l'insouciance de mes yeux, suis-je de ceux, vraiment, à qui l'on doit parler de choses ennuyeuses?.....

· Non, Jacques ne serait pas de ceux-là! bien sûr!..... Marguerite en eut la perception très nette..... Jacques ne serait jamais l'appui qu'elle avait attendu, le bras protecteur qu'elle avait annoncé à Josa.....

La courageuse fille ferma les yeux, elle eut un frisson qui la secoua toute :

— Rentrons, dit-elle, Jacques doit avoir faim!.....

— Une faim canine..... Depuis hier soir je n'ai avalé que des kilomètres..... Et j'avoue que cela ne remplit guère l'estomac...

— Et puis, tu veux peut-être passer un peu d'eau sur les mains, faire un brin de toilette..... hasarda la petite Ange..... Il doit y avoir une poussière, dans ces trains!.....

— Oh! maïs!..... tu ne m'as donc pas regardé, sœurette?..... Ma toilette, je l'ai faite en wagon..... Tu penses bien que je n'aurais pas voulu descendre avec un faux-col « charbonneux » et des chaussures couleur de fumée.....

Alors seulement Mlles Amadour s'aperçurent que, dans la mise de leur frère, il n'y avait rien à reprendre.

— On croirait que tu viens de chez le coiffeur, dit Ypriane admirative.

Mais Marguerite songea qu'elle eût préféré des cheveux un peu moins en ordre et plus de tendresse au moment du retour.

Josa, boudeuse, s'est terrée dans sa cuisine ; par la fenêtre, elle a aperçu Jacques, et son rapide examen lui a suffi :

— Bon ! toujours le même !..... S'il veut me dire bonjour, qu'il vienne..... je ne me dérangerai pas pour lui..... Perdre mon temps, pour quoi faire ?.....

Et, afin de bien se persuader que vraiment chacune de ses minutes est trop précieuse pour la gaspiller en faveur de l'arrivant, elle se campe furieusement sur sa chaise, et, d'un air de défi, se met à tricoter un bas de laine qui dormait dans un tiroir depuis au moins un an.

— Cette façon de dire : « Tu as blanchi, Marguerite !..... » Eh ! bien sûr qu'elle a blanchi, polisson !..... et c'est pour toi encore..... A son âge, tu n'auras point de fils blancs dans tes cheveux, toi ! je parie bien !..... Les cheveux blancs ! c'est le chagrin, c'est le tracas qui les font venir, et tu ne cherches, dans ta vie, que les amusettes..... Je voudrais que.....

— Josa, le café !..... Je meurs d'inanition.....

— Ben ! c'est ça..... Il pense au café avant de penser à moi !... ça lui ressemble !..... Oui, Monsieur Jacques, on y va.....

Elle posa lentement son tricot sur la table, et, sans se presser, prépara sur un plateau tout le matériel du déjeuner ; puis, sans prendre la peine de mettre un tablier blanc sur son « devantis » de toile rousse, elle entra dans la salle à manger.....

— Eh bien ! Josa ! j'ai cru que tu voulais me faire évanouir de faim ; bonjour, ma vieille bonne, comment vas-tu ?.....

Il lui tendit la main à distance ; mais la brave fille, peinée de son accueil, ne la prit pas.....

— Excusez-moi, Monsieur Jacques ; voyez, mes deux mains sont encombrées.....

Jacques rougit un peu. Comprit-il l'affront que Josa lui infligeait, ou bien eut-il un remords de l'avoir chagrinée ?..... Il se leva, et, lorsque la servante eut placé le plateau devant Marguerite, il s'avança vers elle :

— Embrassons-nous, alors !

Et sans attendre la réponse qui ne venait pas, il lui plaqua un gros baiser sur les deux joues.....

Josa, tranquillement, regagna sa cuisine en marmottant :

— Ça, c'est du réchauffé, mon petit.....

Mlle Amadour n'avait rien perdu de ce qui s'était passé ; elle avait saisi chaque détail de l'expression renfrognée de Josa, et chaque détail aussi de la mine indifférente de Jacques ; elle en souffrit, car elle aimait tendrement les deux acteurs de cette petite scène, et elle sentit que la fidèle Josa en voulait à son frère.....

— Mon Jacques, observa-t-elle doucement, notre chère vieille est très sensible..... Tu n'as pas été gentil pour elle......

Le jeune homme esquissa un geste rapide qui signifiait :

— Je m'en f...iche, après tout!.....

Puis, sans répondre, il beurra sa tartine avec le calme d'une conscience en paix.....

Une ombre avait passé sur ce matin de retour que Marguerite rêvait sans nuage ; elle tenta de la dissiper ; ce fut assez facile, car tout glissait sur Jacques sans laisser de traces, comme glisse l'eau sur les plumes d'un pigeon.

— Méchant! dit-elle avec un sourire de malice, je parie que tu n'as point admiré la toilette fleurie que notre *Maisonnette* a revêtue pour toi!

— Par exemple! Mais je n'ai vu que ça! fleurs partout! C'est un luxe qu'à Paris on peut difficilement s'offrir..... Tu as fait une vraie provision de roses pour moi, la chambre en regorge.... sans parler des roses vivantes, mes jeunes sœurs, qui ne sont pas les moins jolies!.....

Ypriane rougit de joie ; certes, Jacques savait tourner un compliment!.....

Ange avait seulement un peu souri, et son regard, très doux, alla chercher celui de sa mère adoptive :

— Moi, dit-elle tendrement, ma fleur préférée, c'est la marguerite!.....

<h2 style="text-align:center">V</h2>

— Oh! s'il ne faut que cela pour te contenter, j'irai bien avec toi chez les Pradières..... Ça m'assomme pourtant! Ce qu'ils doivent être « rasoir », ces provinciaux!.....

— Rasoir! pourquoi?..... Mais, Jacques, je ne te comprends pas ; que veux-tu dire?.....

— Eh bien! voilà, Yane, quelqu'un de « rasoir », c'est quelqu'un qui..... voyons..... quelqu'un qui ne varie guère ses sujets de conversation..... Quelqu'un qui n'est jamais sorti de son trou, quoi!.....

— Tu t'embrouilles!..... Alors, je suis « rasoir » aussi, moi?
Marguerite est « rasoir »?..... Ange est « rasoir »?.....

.... L'expression piteuse d'Ypriane était si comique que Jacques
éclata d'un franc rire :

— Non, non, je vous excepte!..... Mais, vois-tu, il n'y a rien
de tel que les voyages pour vous ouvrir l'esprit..... Ont-ils
voyagé, tes Pradières?.....

— Peu, je crois ; ils aiment beaucoup Hirson.

— Alors, gare!..... moi qui ne l'aime pas du tout!.....

— Tu ne l'aimes pas!

Les deux bras de la jeune fille, élevés à la hauteur de son
chapeau pour y nouer une voilette, retombèrent brusquement
avec un geste de stupéfaction profonde :

— Ne pas aimer Hirson!..... Pourquoi?.....

Jacques se mordait déjà la langue ; afin de détourner l'attention de sa sœur, il haussa les épaules sans répondre à la question posée, et gaiement :

— Ecoute, sœurette, je plaisantais! Je veux bien aller avec
toi, mais revenons de bonne heure, alors!

Le frère et la sœur se mirent en route..... Marguerite avait
emmené Ange à Saint-Maur, rien ne retenait donc Ypriane.....

Les deux jeunes gens s'engagèrent dans le chemin boisé où
s'était ébauchée l'idylle de Mlle Amadour..... Jacques, malgré
sa nature superficielle, appréciait la radieuse beauté de cette
promenade.

— C'est « chouette », sais-tu!..... Regarde-moi ces effets de
lumière..... jamais avant aujourd'hui je n'avais ainsi admiré
ce site..... Mais, dis-moi, au fait!..... si je t'attendais là?.....
Est-ce bien correct, en vérité, d'aller faire comme cela des
visites tous les deux?..... A Paris, cela n'est pas reçu.....

— Correct! des visites!..... Tu plaisantes..... Mais tu as donc
oublié tout à fait ce que sont les Pradières pour nous?..... Des
amis si intimes! comment ne t'en souviens-tu pas? Avec eux
nous agissons simplement ; Albane est si gentille! ma meilleure
amie, tu sais! presque une autre sœur pour moi! Il ne se passe
pas de jour sans que nous trouvions le moyen de nous rejoindre,
et Mme Pradières, l'amie de Marguerite, nous a dit, hier
encore : « Amenez-moi Jacques, bien vite surtout. » Oublieux!
Il ne reste donc rien dans ta mémoire de nos souvenirs d'enfants?.....

— C'est si vieux!..... D'ailleurs, je préférais les gamins de l'école à la société des filles..... Et chez Mme Pradières, il n'y a que cela!..... Oh! le nom, je le connais parfaitement, parfaitement..... Quant à celles qui le portent, c'est différent..... Depuis quand, cette belle intimité avec Albane?

— Depuis un an surtout..... c'est-à-dire depuis qu'elle est sortie du couvent.....

— C'est cela!..... Je m'étonnais que tu ne m'eusses pas conduit à la Villa-Blanche pendant mes vacances annuelles, puisqu'à mon débotté, il faut.....

— Chut! regarde!.....

Jacques leva les yeux ; à l'entrée d'un petit jardin clos, une silhouette apparaissait, silhouette fine et légère :

— Albane!.....

— Ypri!.....

Mlle Pradières s'élança les bras tendus vers son amie :

— Je pensais bien que tu viendrais!.....

Ce ne fut qu'après avoir tendrement accolé l'arrivante que, derrière celle-ci, elle aperçut le jeune homme :

— C'est Jacques?.....

Très simple, elle lui tendit la main.

— Vous avez bien fait d'accompagner Yane, reprit-elle ; je ne pensais pas cependant que vous vinssiez déjà..... Vous êtes bien aimable, vraiment..... Si tôt après votre retour.....

Point timide, cette petite Hirsonnoise, et jolie.....

— C'était mon premier devoir, et c'est mon premier plaisir, Mademoiselle, répondit Jacques, très galamment.

— Tenez, voici mère. Maman, Ypriane et M. Amadour!.....

Mme Pradières sourit..... Un sourire jeune..... très jeune, observa Jacques..... La mère d'Albane?..... Allons donc! sa sœur aînée, plutôt!.....

— Eh bien! voilà qui est gentil, gentil!..... Entrez, mes enfants. Sous les pins, nous trouverons un peu de fraîcheur, il me semble, et ce n'est pas à dédaigner.....

Ils entrèrent, et Jacques se trouva tout de suite à l'aise.....

— A la bonne heure, c'était confortable, au moins!..... Pauvre *Maisonnette!* Quelle piteuse figure elle ferait si on l'avait bâtie toute proche de cette habitation luxueuse!..... Ici, c'est la vraie vie, telle que Jacques la rêve..... la vie large, sans lutte, sans l'impôt du travail quotidien..... Pourquoi donc les lots de bonheur et les lois de fortune sont-ils si inégalement répartis ?

Un instant, perdu dans ses réflexions, Jacques oublie de se mêler à la conversation. Mme Pradières l'observe :

— A quoi pensez-vous, Jacques ? Seriez-vous fâché d'être de retour parmi nous ?.....

— Fâché ?..... Bien au contraire ; j'admire chaque détail de votre joli chez vous, c'est ce qui me fera pardonner, j'espère, l'accès de mutisme où je suis tombé tout à coup.....

— Vous êtes devenu bien galant, à Paris, Monsieur Jacques ! intervient gaiement Albane.....

— Et si ce n'est point indiscret, interroge la maîtresse de maison, y retournerez-vous ?..... Avez-vous choisi une carrière ?

C'était indiscret, paraît-il, car le front de Jacques s'empourpra ; le jeune homme esquissa un geste vague ; puis, évasivement :

— Pour le moment, je me repose, répondit-il..... Le calme de la *Maisonnette* est propice aux méditations, c'est là que j'élaborerai mes projets d'avenir.....

Mme Pradières n'insista pas ; elle comprit que si Jacques avait une idée, il voulait la taire, et, très adroite, changeant de conversation, sans qu'on s'en doutât :

— En effet, dit-elle, je n'ai jamais trouvé une paix semblable à celle qui émane de toutes choses chez vous ; je pense que Marguerite sème autour d'elle un peu de sa sérénité..... Chaque fois que j'entre à la *Maisonnette*, j'éprouve un sentiment de calme qui dure longtemps après que je l'ai quittée.

Jacques ne répondit pas ; il était songeur et ne semblait point partager l'avis de la mère d'Albane..... Son regard errait sur les parterres fleuris qui s'épanouissaient à droite et à gauche du bouquet de pins sous lequel ils étaient assis.

— Quelle merveilleuse collection de roses ! s'écria-t-il. Moi qui vantais la nôtre hier encore ! Qu'est-elle, auprès de celle-ci ?

— Vous n'avez rien à envier, Monsieur Jacques, répondit Albane en souriant. Le jardin de notre *Villa-Blanche* est un peu plus vaste que celui de la *Maisonnette* et contient quelques rosiers de plus, voilà tout !..... Mais vos rosiers à vous, ceux de Marguerite, ont double charge de fleurs.....

Elle s'était levée, très vive, et, se dirigeant vers le massif le plus rapproché, elle se mit à cueillir des roses..... Chacun de ses mouvements légers était empreint d'une grâce d'oiseau.....

Elle gazouillait en continuant sa moisson, et parfois, encore à demi penchée vers le sol, elle levait gentiment, du côté des causeurs, son joli visage tout empourpré par le soleil et le travail de la cueillette.

Mme Pradières, avec une tendresse infinie, suivait chaque pas de sa fille unique..... Tout l'amour de son cœur semblait s'être concentré dans l'expression de caresse et d'orgueil de ses yeux, posés jalousement sur la jeune et fraîche créature qui était son enfant....

Tout son bonheur lui venait d'Albane..... Avant de l'avoir, jamais un rayon n'avait traversé son chemin..... Depuis vingt ans qu'elle était mère, la pauvre femme, si éprouvée dans sa vie d'épouse, connaissait la douceur d'être aimée et d'aimer sans mesure.....

A les voir ainsi toutes deux se sourire à distance, à suivre le regard dont elles se caressaient, Jacques, malgré sa frivolité, eut la perception vague que le vrai bonheur était dans la paix quotidienne, sous l'asile béni d'un toit familial, rendu sacré par la présence des êtres chers..... Il compara ses rêves à la calme félicité de ces deux femmes qui savaient être tout l'une pour l'autre, malgré les chagrins intimes qui leur venaient parfois du père, de l'époux.....

Cette vision déplut à Jacques ; elle ne s'accordait point avec les pensées habituelles de son esprit..... Comme on chasse une idée importune, il l'éloigna de lui, et, pour fuir cette apparition incarnée dans Albane et sa mère, il se leva brusquement :

— Viens-tu, Yane ?.... Il est tard, déjà !

Mlle Pradières accourut tout essoufflée.

— Tiens, dit-elle à son amie en lui tendant un merveilleux bouquet, porte cela à Marguerite..... Tu lui diras.....

Elle poussa un cri léger..... son doigt venait de rencontrer une épine, et, très large, une goutte sanglante s'épanouissait à fleur de peau. Vivement, la jeune fille secoua sa main pour en faire tomber ce rubis liquide, mais le sang vermeil tomba sur le pétale entr'ouvert d'une rose immaculée.....

Ypriane saisit vivement le bouquet :

— Laisse, laisse, dit-elle, cette rosée pourpre est si jolie !.....

— Tu diras à Marguerite que je lui envoie ainsi un double message de mon cœur !.....

— Aujourd'hui, mes enfants, c'est jour de lessive..... Je réclame le secours de tous les bras..... Qui veut me prêter les siens?

Marguerite, d'un geste, indiquait la buanderie microscopique de la *Maisonnette* où l'on voyait se mouvoir des formes sombres, rendues presque mystérieuses par la vapeur qui, s'échappant du cuvier, les enveloppait toutes.

— On dirait des démons échappés à l'enfer, observa Jacques; regarde, Ypriane!

A cet instant, l'une des femmes, armée d'un fourchon, activait le feu de la chaudière, et les étincelles en furie trouaient le voile brumeux étendu sur les travailleuses.....

— C'est impressionnant! brrr!.....

Mlle Amadour se retourna, et, souriante :

— Tu as le génie de trouver des images, mon Jacquot..... Nos ouvrières sont pourtant de braves et bonnes mères de famille destinées plutôt, il me semble, aux félicités du ciel qu'aux tourments infernaux!..... Mais je crois que personne encore ne m'a répondu..... Qui m'aide?

— Moi!..... Nous!.....

— Tous, alors, merci, c'est bien! Et puisque nous avons deux bras d'homme, nous allons faire un travail..... un travail!..... Les femmes achèvent de rincer, nous allons étendre... Par ce joli temps clair, ce beau soleil et ce léger souffle qui vient du Midi, nous aurons une lessive merveilleuse..... Allons changer nos vêtements!

Elle frappa gaiement dans ses mains pour donner le signal, et tous, obéissants, comme des écoliers très sages, s'élancèrent dans l'escalier pour gagner leurs chambres respectives et se mettre « en tenue d'ouvriers », comme disait en riant Ypriane.

Ce ne fut pas long. Quelques instants plus tard, ils étaient redescendus tous quatre, et leur gaieté remplissait les échos du jardin ; ils allaient et venaient de la buanderie aux cordes étendues, les bras chargés de linge mouillé, le visage rosé par l'effort du travail.....

— Au secours, Jacques! Ce gros drap m'écrase, je ne pourrai jamais le dérouler!.....

— A moi! Je suis si petite, et la corde est si haut placée!

Et Jacques allait de l'une à l'autre, soulevant les fardeaux trop lourds, abaissant du bout des doigts les branches qui soutenaient l'étendage. Marguerite, malgré son labeur incessant, suivait des yeux, heureuse, la silhouette du jeune homme qui s'agitait, affairé, entre les longues lignes de lessive étendue..... Les fillettes, joyeusement, exagéraient leur importance, et dès qu'une pièce avait séché, elles enfouissaient voluptueusement leur visage dans ses plis pour le plaisir de respirer un peu la saine odeur de l'air pur et du soleil, seul parfum accepté dans les lessives de Marguerite..... Puis on étirait soigneusement chaque serviette, chaque drap, et les gentils travailleurs s'éloignaient portant d'énormes piles de linge blanc qu'attendaient, ouvertes à deux battants, les armoires hospitalières de la *Maisonnette*.

Bonne journée! Bonne matinée plutôt..... car tout lasse..... Le rire fuyait peu à peu les lèvres de Jacques, les mouvements du jeune homme se faisaient moins rapides..... Un peu d'ennui passait déjà dans l'expression de ses yeux ; il s'assit, nonchalant, sur un tas de foin coupé, et, le menton sur ses deux poings, regarda tranquillement se mouvoir ses trois sœurs.....

— Monsieur est fatigué?..... interrogea mutinement Ypriane. Monsieur craint le soleil, peut-être? le beau soleil brillant qui brunit les teints clairs..... Moi, je l'aime, je l'aime, continuat-elle en s'animant et en tendant vers l'astre radieux ses doigts que n'avaient point ambrés les rayons estivaux ; je l'aime et je vis de sa chaleur!

D'un geste gracieux, elle ramena sa main fluette sur sa bouche et envoya tendrement un joli baiser au grand roi des lumières.

Ange la regardait, un sourire un peu triste aux lèvres ; elle aussi tendait ses membres délicats vers la chaude clarté du soleil..... mais elle ne possédait point, comme Ypriane, la force nécessaire à l'expression vive de ses sentiments..... Elle ressentait tout, la pauvrette, joies, douleurs, avec une intensité très grande, mais uniquement intérieure, et c'était pour elle une souffrance que de renfermer ainsi dans son âme les plus vives de ses sensations.

Jacques riait, amusé par l'enthousiasme de sa cadette.

— Mais viens donc m'aider, viens donc! reprit l'espiègle..... J'ai besoin de toi.....

Le jeune homme s'installa plus commodément dans sa botte de foin, et, fermant les yeux :

— Je suis fatigué, répondit-il, laisse-moi dormir.....

— Paresseux! continua Ypriane, déjà!..... Tu avais l'air d'être content de ta besogne, tout à l'heure.....

— Tout à l'heure, oui ; maintenant, non, cela m'ennuie.....

— Nous en avons encore pour tout l'après-midi, tu sais?.....

— Tant pis!..... Tant pis pour vous, mes pauvres, j'en ai assez, moi!.....

Yane eut un mouvement d'humeur, et, tournant brusquement le dos à son frère :

— C'était si gai! dit-elle, tu gâtes toujours toutes nos simples joies!.....

Il haussa les épaules en silence, et la jeune fille, mécontente, s'éloigna.

Oui, Jacques, depuis son retour, troublait toutes les joies de la *Maisonnette*. A son arrivée, Mlles Amadour l'avaient reçu avec bonheur ; il revenait partager leur existence calme et laborieuse, leurs pensées et leurs affections...... Dans son accueil, Marguerite avait eu quelque chose de plus, peut-être, que ses jeunes sœurs ; un sentiment maternel vibrait dans son cœur qu'elle avait ouvert tout grand au fils d'adoption qui lui revenait..... Et, dans son âme, un devoir nouveau avait pris place : amener le jeune homme à l'amour du travail et de la vie modeste qui était la leur.

La vaillante fille n'avait rien négligé pour organiser à la *Maisonnette* de petites réjouissances, des « parties de travail » sous forme de plaisir, pour unir la gaieté à l'austérité du devoir, pour faire paraître doux ce qui coûte à la nature.

Et parfois, comme aux jours où son frère était enfant, Mlle Amadour avait eu des lueurs d'espoir intense, lorsque Jacques, par exemple, un sourire dans les yeux, le visage enjoué, prenait part aux occupations de ses sœurs.

— S'il allait enfin aimer l'existence active!.....

Mais, bientôt, la fatigue venait pour l'indolent ; il abandonnait la tâche commencée, et rien au monde ne pouvait plus le tirer de son apathie..... Paresseusement, il se contentait de voir ses sœurs aller et venir, se fatiguer même, dans l'accomplissement de leur besogne, sans qu'il fît un mouvement pour les soulager.

La boutade un peu brusque d'Ypriane était vraie. Jacques attristait leurs meilleurs instants. Marguerite en sentait la justesse ; pourtant, elle connaissait trop son frère pour ne point savoir qu'il fallait éviter de le buter ; elle eut un regard sévère pour sa jeune sœur qui s'en allait, boudeuse, puis elle revint à Jacques, en souriant, comme n'ayant point pris au sérieux le refus de tout à l'heure :

— Allons, Jacquot, dit-elle, maintenant que tu as bien taquiné Ypriane, accorde-moi de nouveau le secours de ta force masculine......

Lui secoua vivement la tête, et brièvement :

— Je ne plaisante point, répondit-il ; j'en ai assez de tout cela ; je ne suis pas venu ici pour me tuer de travail..... Un petit moment, c'est bien..... Un grand moment, cela suffit....., Plus, ce serait trop..... Ne t'inquiète plus de moi !

Marguerite se détourna sans insister davantage. Aux yeux d'un étranger, cette mauvaise humeur de Jacques eût peut-être passé inaperçue..... Mais pour celle qui, depuis douze ans, étudiait cette âme improductive, il y avait une cruelle déception, ajoutée à tant d'autres déjà..... Mlle Amadour sentit un découragement immense l'envahir ; elle porta ses yeux angoissés sur le ciel où commençaient à monter les nuages et murmura :

— Qu'en ferons-nous ?

VI

— Une lettre pour toi, Jacques.....

Par-dessus la table, Marguerite Amadour tendait à son frère un pli cacheté. Légère comme un oiseau, Ypriane s'en empara :

— Comme elle est lourde ! s'écria-t-elle en la soupesant....., deux timbres ! ça ne m'étonne pas !..... Paris, boulevard.....

— Mais donne ! donne donc ! gronda Jacques impatienté ; ce n'est point ton affaire, il me semble !.....

Violemment, il arracha des mains de sa sœur la lettre à son adresse, et, sans ajouter un mot, il la glissa dans sa poche.

— Tu peux la lire, mon petit, intervint Marguerite ; entre nous, il n'y a point à faire de cérémonies.

Mais lui enfonça davantage l'enveloppe qu'on apercevait encore, et, rageusement, répondit :

— Merci ! j'ai le temps !

Maintenant, Ypriane, désolée d'avoir contrarié Jacques, se multipliait pour se faire pardonner ;

— Une autre pêche?..... du sucre?..... ton café?.....

Le jeune homme, dédaigneusement, repoussait ces avances ; il refusait d'un air maussade tout ce que, gentiment, sa cadette lui proposait, bien qu'il en eût parfois très envie. Il fallait bien protester contre cette ingérence féminine dans sa correspondance personnelle.

Cette lettre? l'avoir ainsi examinée sur toutes ses faces, quelle indiscrétion! Et s'il ne voulait pas, lui, qu'on sût d'où elle venait?

Mlle Amadour étudiait attentivement la figure courroucée de Jacques :

— Tant de mauvaise humeur pour une plaisanterie!..... Il faut que cette lettre.....

Elle n'acheva pas sa pensée, mais son regard, anxieux, se posa longuement sur la poche mystérieuse qui contenait..... quoi?

Nouveau point d'interrogation sans réponse..... Oh! ce Jacques!

Josa, son service achevé, retourna dans sa cuisine en marmottant :

— Voilà toujours un monsieur qui n'aime point « que l'on mette le nez dans ses affaires ». C'est pas bon signe, continuat-elle en commençant son repas ; les oiseaux de nuit sont des oiseaux de malheur.....

Et, craintivement, la vieille femme regarda le dôme sombre d'un vieux sapin, voisin de la *Maisonnette*, où, vers minuit, parfois, elle entendait houlouler chouettes et hiboux, ses deux grands effrois.

Jacques s'était levé de table, à peine le déjeuner fini, sans attendre que Marguerite, l'aînée, eût donné le signal.

Quatre à quatre, il escalada les marches de l'escalier et ferma sur lui, à double tour, la porte de sa chambre.

Ypriane le suivit :

— Jacques, Jacques! pardonne-moi!.....

— Descends, chérie, appela d'en bas Marguerite ; ce n'est point le moment de lui parler.

La jeune fille obéit ; mais, avant de descendre, elle perçut le bruit sec d'une enveloppe déchirée :

— Il lit sa « fameuse » lettre, dit-elle en rejoignant ses sœurs.

Marguerite ne répondit pas ; elle écoutait les pas précipités de Jacques qui battaient impatiemment le parquet, là-haut.

. . . .

— Viens-tu avec moi chez les Pradières ?

— Merci, j'ai à sortir

C'est le soir. Un nuage est resté de la querelle de midi, et Jacques, en sifflotant d'un air de parfaite indifférence, prend seul le chemin d'Hirson-sur-Creuse, tournant impoliment le dos à Ypriane qui, de son côté, s'apprête à partir.

Mais la jeune fille n'a pas manqué d'apercevoir dans la pochette du veston de Jacques une enveloppe timbrée deux fois comme l'autre, et sa curiosité est aussitôt mise en éveil :

— Tout de même ! que peut-il bien machiner ?

Marguerite, un peu vivement, lève son front penché sur son ouvrage :

— Laisse Jacques, Ypriane, dit-elle avec fermeté ; ce n'est pas gentil de l'espionner ainsi.....

Un peu confuse, la jeune fille revient achever sa toilette de sortie, et puis, câlinement :

— Tu me permets bien d'aller voir Albane, maman Guite ? Oui, je sais !..... il y a beaucoup de linge à repriser ; mais demain, je te promets de t'aider longtemps..... pendant deux heures !..... Na ! es-tu contente ? J'ai tant besoin de m'ébattre, ce soir !

Marguerite eut un sourire :

— Ce soir ! et tous les jours !..... Va, dit-elle.....

Puis, attirant l'enfant, elle l'embrassa :

— Va ! papillon ! répéta-t-elle tendrement.

Et le petit papillon s'envola joyeux, tandis que maman Guite tirait vaillamment son aiguille, aidée par la petite Ange qui murmura :

— Papillon ?..... et moi, que suis-je ?

La grande sœur hésita un instant, puis, avec tendresse, répondit :

— Toi ?..... Tu es le grillon du foyer..... mon petit porte-bonheur !.....

. . . .

Le nuage a passé, et Marguerite, mise en éveil par la correspondance secrète de Jacques, juge le moment propice de parler

au jeune homme et de lui proposer la position offerte par
M. Vardange, l'ami de leur père.

À dessein elle a éloigné Ange et Ypriane, et, afin d'être tout
à fait tranquille à la *Maisonnette*, elle a chargé Josa de faire
plusieurs commissions aux alentours.

Jacques est rentré de sa promenade quotidienne. Assis, ou
plutôt couché sur le sofa du petit salon, il bâille sur un roman
rapporté de Paris, un roman dont le titre a fait tristement sou-
pirer tout à l'heure la mère adoptive.

— Mon Jacques! oh! comment peux-tu lire des horreurs
pareilles?

Mais lui a souri, et mettant un baiser sur le front blanc de
Mlle Amadour, a répondu gaiement :

— Pauvre Guite! Tu as des effarements! On dirait une
colombe qui a couvé un vautour.....

Et, tranquillement, il se remet à sa lecture. Les bâillements
continuent ; malgré son titre alléchant pour les frivoles, ce
livre n'est pas intéressant du tout.....Jacques regrette les vingt
centimes qui l'ont payé..... Il voudrait bien ne plus lire ; mais,
s'il s'interrompait, Marguerite ne croirait-elle pas que c'est
pour suivre ses conseils? Il faut avoir ses convictions ; à vingt-
deux ans, on sait se conduire, après tout, sans avoir besoin de
l'avis d'une sœur..... Et, stoïquement, avec un effort dont il
n'eût pas été capable pour une chose sérieuse, Jacques cherche
de nouveau à se laisser captiver par la littérature douteuse.

Peu à peu, cependant, le volume tombe sur les genoux du
lecteur, tandis qu'un bienfaisant sommeil clôt tout à fait les
yeux alourdis par l'ennui.

Mlle Amadour pose doucement son ouvrage sur la table voisine, et son regard, longuement, tendrement, caresse le grand
enfant endormi.

« Jacques! » ce nom a pour elle une double signification de
tendresse et de tourment..... « Jacques! » c'est-à-dire à la fois le
fils de son cœur et le souci de chacun de ses jours.....
« Jacques! » l'espérance d'autrefois et la crainte de l'avenir.....

Comment donc glisser un peu de sagesse parmi toutes les
idées folles qui battent sous ce front si calme en apparence?.....
Comment aborder « le sujet » tout à l'heure..... comment?

Une véritable angoisse dilate les prunelles de Marguerite, et elle, la si vaillante, a peur... Peur de ce qu'il va lui répondre... Peur de lui parler..... Peur de l'entendre!.....

Que faire? Il faut, cependant!..... C'est son devoir de mère, et Dieu l'aidera..... Elle joint les mains dans une supplication muette, et deux larmes coulent, rosée de feu, sur ses doigts tremblants.

Mais Marguerite s'en veut déjà de sa faiblesse ; elle essuie les pleurs qui continuent à courir sous ses paupières, et, prenant de nouveau son travail, elle attend le réveil du jeune homme. Ce n'est pas long, du reste.

Avec un sursaut, Jacques se relève, et, l'œil ahuri, il cherche à se rendre compte où il se trouve :

— Tiens, Marguerite!..... J'ai dormi?

— Un instant!..... Viens ici, paresseux, que je mette un peu d'ordre dans ta toilette.

Indolent, il s'approche, et pour s'asseoir prend un tabouret bas qui se trouve justement aux pieds de sa sœur.

Les yeux tout gonflés par le sommeil, Jacques a une mine si piteuse que Mlle Amadour en sourit malgré elle :

— Tu n'as pas l'air de t'amuser, mon Jacquot?

Il sent qu'il sera impoli si sa réponse est franche, pourtant il avoue :

— Pas trop!.....

C'est l'instant. Marguerite jette un regard d'appel vers les profondeurs du ciel bleu où son père et sa mère, près de Dieu, la voient, et courageuse :

— Que veux-tu, mon petit, c'est inévitable. Pour un jeune homme surtout, les vacances, bien souvent, paraissent trop longues..... N'as-tu point envie de les écourter?.....

Jacques sursaute sur son siège :

— Eh quoi! veux-tu déjà, par hasard, me voir les talons? Je pensais que ma présence te causait un peu de joie..... mais baste!..... Ah! désillusions humaines!

Il parlait en plaisantant ; pourtant, une nuance de dépit se peignait sur ses traits mobiles.

— Te voir partir?..... Eh! Jacques! tu ne me comprends pas! Je voudrais, au contraire, écoute..... Je voudrais pour toujours fixer ta vie ici, tout près de moi, ta vieille sœur.

— Oh! vieille!.....

— Peut-être avant l'âge..... mais regarde.....

D'un doigt, elle montrait les cheveux blancs mêlés à ses cheveux bruns..... ce signe d'une vieillesse précoce que le jeune homme avait si bien remarqué dès son retour ; puis, doucement :

— Du reste, ce n'est pas moi qui suis en jeu, mon Jacques!... c'est toi seul. Voici plusieurs jours que j'attendais un instant de tranquillité comme celui-ci pour t'offrir.....

— Quoi donc?

— Ce que M. Vardange m'a proposé pour toi..... Il est âgé, souffrant, il a par conséquent besoin d'un second lui-même et serait bien heureux, en mémoire de son ami, notre père, de te choisir, toi.

— Et il s'agit?.....

— De le remplacer peu à peu, en toutes choses, pour l'administration de son bureau, la surveillance de ses employés..... être en un mot.....

— Un rond-de-cuir, n'est-ce pas? Il tombe mal, pauvre homme! Et contre quels avantages?

— Il faudra en causer avec lui, ce sera facile de s'entendre. Là, tu auras de l'avancement, et s'il te donne peu, relativement, pour commencer, alors que tu ne seras au courant de rien, tu pourras arriver chez lui à une belle position, très sûre..... Je me suis réjouie de cette proposition parce qu'ainsi tu resteras avec nous et que, jusqu'à ton mariage, tu retrouveras, chaque soir, ici, l'affection familiale.....

Jacques Amadour était pâle en écoutant parler sa sœur, un malaise évident bouleversait son visage ; il attendait le moment de faire connaître sa pensée :

— Je vois que tu as fait beaucoup de projets sur moi, et..... sans moi, Marguerite, répondit-il enfin ; le tout, maintenant, est de savoir si ces projets me vont..... En échafaudant ces beaux rêves, ma pauvre grande, tu ne t'es point demandé si je n'avais pas, moi, d'autres désirs, une autre vocation.....

— Une vocation, toi?.....

— Pourquoi pas? M'en crois-tu donc incapable? Eh bien! puisque nous sommes au chapitre des confidences, je vais te faire les miennes..... J'attendais, moi aussi, un moment de calme pour cela, et comme aujourd'hui les deux petites sont absentes..... Tu t'es peut-être doutée de quelque chose, en me voyant écrire beaucoup, ces temps-ci, en me voyant recevoir des lettres volumineuses comme celle qu'Ypriane examinait si indiscrètement l'autre jour?..... Ces lettres — d'affaires — étaient pour ou de mon meilleur ami, Jules Prévolt, un jeune Parisien que j'ai vu quotidiennement cette année.....

— Tu ne m'en as jamais parlé, Jacques!.....

— A quoi bon! tu ne le connaissais pas..... Eh bien!..... nous montons une affaire ensemble.

— ?

— Une affaire d'or, qui rapportera beaucoup..... Je suis fier d'avoir été choisi par Jules comme collaborateur ; c'est un garçon intelligent qui s'y connaît en hommes et en choses! Seulement, pour devenir son coopérateur, il faut que je m'éloigne d'Hirson, voici pourquoi je refuse l'offre de M. Vardange.

— Où irais-tu?

— J'irai en Algérie, avec Prévolt.

— Si loin! Oh! Jacques!.....

La voix mourut dans la gorge de Marguerite. Depuis bien des jours, depuis l'arrivée de son frère, elle prévoyait des difficultés entre elle et lui ; mais elle ne supposait point qu'il lui échappât totalement ainsi, qu'il songeât à les quitter pour l'inconnu.....

— Que veux-tu! reprit Jacques d'un ton dégagé, à chacun sa voie!..... La mienne est de courir le monde et de faire ma fortune par d'intelligentes combinaisons.....

Nous allons acheter, là-bas, quelques hectares de terre ; nous louerons des ouvriers, et, sous nos yeux, avec notre aide même, on cultivera notre propriété pour y récolter des primeurs de fruits, de légumes, que nous enverrons à Paris et dans les principaux centres.....

Marguerite se souvint combien le jeune homme était vite fatigué, vite ennuyé lorsqu'elle sollicitait son aide pendant quelques moments au jardin, et songeant qu'un si piètre travailleur ferait un maigre chef d'exploitation :

— Tu n'aimes cependant pas beaucoup la terre, dit-elle en souriant ; je t'ai vu quelquefois à l'œuvre, ici.....

— Oh! ici..... Vois-tu, ce n'est pas la même chose lorsqu'on est à ses pièces..... Lorsqu'on travaille pour soi!.....

Mlle Amadour sourit encore, mais combien triste était son sourire, cette fois : Jacques s'était séparé d'elles, séparé de leurs intérêts..... Il semblait que les affaires de la *Maisonnette* ne fussent pas plus les siennes que celles d'un étranger. Avec un effort de courage, Marguerite continua, voulant savoir tout, jusqu'au bout :

— Avez-vous quelques données sur la partie algérienne où vous voudriez camper?

— Oh! c'est facile à trouver! L'Algérie est fertile ; c'est un terrain!.....

— Vous êtes-vous assurés, au moins, de débouchés pour vos produits?

— Bah! ça viendra! répondit le jeune homme avec insouciance ; comment veux-tu que nous cherchions avant d'avoir semé..... récolté même?

— En somme, vous bâtissez vos projets en l'air, sans rien de positif dans vos plans, et c'est pour cela, pour cette affaire imprévue, que tu repousses la position que t'offre notre vieil ami! Oh! Jacques! ce serait fou...... Je ne te parle même pas, poursuivit-elle, je ne te parle pas du chagrin que nous aurons à te voir partir..... Mais, dans ton intérêt seulement, je t'en supplie, réfléchis encore!

— J'ai réfléchi beaucoup..... Nous avons pesé le pour et le contre, Jules et moi : je suis décidé, entièrement.....

— Et tu as tout arrangé sans rien m'en dire.....

— Je savais que tu me combattrais, répondit Jacques..... A quoi bon, alors? Ta vocation à toi, c'est de vivoter à la *Maisonnette*, c'est de te contenter d'occupations ménagères et simples : chacun son goût! Moi, il me faut autre chose.....

Mlle Amadour détourna son regard de l'ingrat..... Elle avait eu, elle aussi, une vocation autre, une vocation de bonheur..... Un peu d'espoir avait (pendant un moment) ensoleillé sa vie..... puis elle avait tout sacrifié pour eux, pour lui, Jacques..... A cette minute, en face de ce frère qui lui disait des choses si pénibles à entendre, qui taxait de « vie selon son choix » cette existence qu'elle avait faite sienne, par amour pour les trois orphelins, son immolation lui parut odieuse...... Elle eut un instant de dégoût, de faiblesse, elle fut tentée de jeter vers Pierre ce « oui » qu'il avait tant attendu, qu'il attendait toujours, peut-être. Elle se domina :

— On peut quand on veut, Jacques, dit-elle fermement : Dieu donne la force, et puis, lorsque le devoir.....

— Je n'ai de devoir envers personne, je suis libre.....

Hélas!..... maintenant qu'il était grand, qu'il était homme, n'avait-il pas à partager un peu le souci de pourvoir aux besoins des deux plus jeunes?..... Marguerite en sentit une seconde fois retomber sur elle tout le fardeau, ce fardeau dont elle avait espéré passer une parcelle à Jacques..... une parcelle seulement, ne fût-ce que pour mettre quelque chose de sacré dans la vie du jeune homme.....

Le moment n'était pas venu d'en parler.

— Et il te prend ainsi, ton ami? questionna Mlle Amadour, pour toi-même?..... sans capital?..... C'est bien étrange.....

Jacques eut un moment d'hésitation visible; il était mal à son aise : une violente rougeur montait à ses joues :

— Voilà, dit-il..... voilà justement où je voulais en arriver... Nos parents nous ont laissé quelque chose?

— Soixante mille francs entre nous quatre, oui, en plus de la *Maisonnette* qui m'appartient personnellement.....

— Ce qui fait quinze mille francs à chacun de nous, n'est-ce pas?

Marguerite était devenue extrêmement pâle : elle commençait à comprendre.

— Ces quinze mille francs, je voulais précisément te les réclamer — je suis majeur — pour les porter à Prévôt.....

Mlle Amadour eut un cri d'angoisse :

— Oh! Jacques!

Puis, tout d'un trait, le visage ruisselant de larmes qu'elle n'avait plus le courage de contenir :

— Oh! Jacques! non! tu ne feras pas cela! Cette fortune suffit à peine aux besoins de la *Maisonnette*, ne l'amoindris pas!..... Ce n'est pas pour moi que je t'en prie, je n'ai rien demandé à personne, jamais, et le travail quotidien de mes doigts m'a suffi..... Je travaillerai un peu plus, voilà tout, ce n'est point une affaire!..... Mais les petites!..... Elles ne sont point encore préparées pour la lutte, pauvres chéries!..... Ypriane aura, j'espère, son brevet supérieur l'an prochain ; alors, je la dirigerai du côté de l'enseignement..... Mais Ange..... Ange si délicate, si frêle..... Ange que le moindre effort abat!..... Aie pitié d'elle, Jacques! renonce à ton désir.....

Le jeune homme eut un moment d'émotion sincère ; pour la première fois de sa vie il voyait pleurer Marguerite, il la voyait défaillir. Il fut tenté de céder à cette prière ; mais, devant ses yeux, flamboya ce passage de la lettre de son ami :

« Allons! sois homme! ose donc! tu as peur d'être « grondé » par « grande sœur »!..... Pauvre petit collégien!..... »

Jacques rougit au souvenir de ces mots ironiques, et, comme un dernier coup de fouet, il eut la mémoire de ces lignes :

« D'ailleurs, c'est convenu, n'est-ce pas ; sans argent, rien de fait entre nous! Je ne suis malheureusement point assez riche pour fournir tous les capitaux, je chercherai un autre associé. »

Le jeune homme se raidit contre l'attendrissement qui le gagnait, et, brusquement, afin de se donner le triste courage de la résistance :

— Est-ce mon droit, oui ou non? répondit-il. Cet argent que je veux est-il mien ou leur? Rien ne m'oblige à me sacrifier pour elles, je pense?

— Non, Jacques! reprit Marguerite avec un sanglot dans la voix ; rien ne t'y oblige, en effet..... Rien, sinon ton cœur que tu étouffes!..... J'ai tant de chagrin..... Je m'attendais si peu.....

Et ce n'était pas seulement la perspective de cette somme que Jacques allait leur prendre qui anéantissait Marguerite, c'était surtout et presque uniquement la déchéance morale où le jeune homme était tombé, le sentiment que rien ne vibrait plus dans ce cœur qu'elle voyait peu à peu s'endurcir depuis l'enfance.

— Après tout, continua Jacques, il ne faut point exagérer les choses..... Cette misérable fortune que tu me disputes, n'en avez-vous pas joui jusqu'à ce jour? Je me souviens encore des lettres que tu m'écrivais en m'envoyant un peu d'argent par-ci, par-là!..... J'en ai touché lourd, de mon héritage!.....

La mesure était comble. Jacques, exaspéré, dépassait peut-être par bravade la limite de sa pensée ; Marguerite ne put en supporter davantage ; il fallait à tout prix éclairer cet aveugle volontaire, lui ouvrir les yeux, quitte à le faire crier de souffrance, s'il pouvait encore souffrir.

Elle se leva, et, toute blanche, vint poser sa main sur le bras nerveux du jeune homme :

— Mais tu es fou?..... fou! je pense!..... Et qui t'a donc entretenu? Crois-tu que les maigres rentes de tes quinze mille

francs aient suffi à solder les frais de ton éducation?..... Sais-tu
combien coûtait ta pension au collège?..... Sais-tu ce que j'ai
payé pour ton séjour à Paris?..... Sais-tu tout cela, Jacques?

Jacques baissait la tête, un peu confus...... Ce qu'il venait
d'avancer était vraiment trop blessant pour Marguerite.

— Que veux-tu? Savais-je, moi? Je constate..... Voilà pour le
passé. Maintenant il s'agit de mon avenir, et puisqu'il se des-
sine d'une façon inespérée, grâce à l'amitié de Prévolt, il m'est
impossible de condescendre à tes désirs : je le regrette.....

Insister devenait inutile ; Jacques avait engourdi la sensi-
bilité de son cœur..... Marguerite le comprit. Sans un mot, elle
se leva, et, debout contre une table, elle écrivit quelques lignes
qu'elle vint tendre à son frère. Le jeune homme y porta les
yeux.

C'était une courte lettre au notaire, vieil ami de la famille :

« CHER MONSIEUR,

» Veuillez être assez bon pour avancer à Jacques les quinze
mille francs auxquels lui donne droit la succession paternelle.

» Merci et au revoir. »

Jacques Amadour glissa le billet dans son portefeuille en
murmurant :

— Je te remercie..... c'est cela!.....

Puis, tout heureux de sa « victoire », et contrarié cependant
du changement subit opéré, depuis la conversation, dans l'expression calme de Marguerite, il se pencha vers elle et, la
baisant au front, il balbutia :

— Ne va pas m'en vouloir, au moins?..... Tu sais bien que si
j'avais pu faire autrement, je n'aurais pas mieux demandé!.....
Tu ne m'en veux pas, dis?.....

Il lui planta la joue devant la bouche, et Marguerite, après
y avoir très rapidement posé les lèvres, s'éloigna pour que son
frère ne vît pas la douleur intense et la suprême désillusion
qui éteignait le doux éclat de ses yeux.

VII

Le dîner fut triste. Cette gêne de se retrouver face à face
après une discussion pénible, Marguerite et Jacques l'éprou-
vaient dans toute sa force. Ils auraient voulu, l'un et l'autre,

ne rien laisser paraître de leurs sentiments intimes ; mais, malgré eux, Ange et Ypriane remarquaient l'air contraint de leur frère, le visage douloureusement absorbé de leur mère adoptive.....

Vainement Mlle Amadour mettait un peu de gaieté dans sa voix, questionnant affectueusement ses cadettes sur leur après-midi à la *Villa-Blanche*, un nuage restait sur son front, et le pain qu'elle essayait de manger s'arrêtait dans sa gorge.....

Ypriane était surexcitée par le désir de savoir ; profitant d'un instant où Marguerite s'était tournée vers Josa debout devant la fenêtre, elle se pencha vivement vers Ange et murmura :

— Tu sais, il y a quelque chose!.....

Ange, avec un signe d'effroi, lui imposa silence :

— Tais-toi!.....

Avec sa surprenante intuition des choses, la fillette comprenait que, pour être agréable à Marguerite, il fallait sembler ne s'apercevoir de rien, il fallait être gaie pour eux qui ne l'étaient pas ; il fallait parler, être joyeuse. Aussi, sortant même un peu de sa nature calme et réservée, la mignonne commença une conversation enjouée avec Ypriane, cherchant la moindre occasion de rire et de babiller..... Jamais Marguerite n'avait vu sa sœur ainsi..... Pourtant, elle connaissait trop l'âme délicate de l'enfant pour ne point deviner le motif de cette subite transformation ; elle lui en sut un gré infini, et son regard tendre alla caresser la tête blonde de la fillette.

Jacques, très mal à son aise vis-à-vis de sa sœur aînée qu'il savait avoir peinée et blessée profondément, affectait un air de suprême indifférence ; tantôt il tambourinait une polka sur les bords de son assiette ; tantôt, ce qui était beaucoup plus impoli encore, il fredonnait une chanson populaire, en regardant distraitement au dehors voler les mouches et les oisillons.

Ce fut donc une détente générale lorsque, le repas achevé, Mlle Amadour se leva..... Il faisait une soirée calme, douce, une de ces belles soirées de septembre, lumineuses et chaudes.....

Jacques en profita pour annoncer qu'il avait à sortir, et sans rien expliquer prit le chemin de Hirson-sur-Creuse.

— Sans doute une dépêche à envoyer à Jules Prévolt, pensa Marguerite.

Elle ne se trompait pas. Le jeune homme, en effet, après avoir flâné quelque temps au bord de la rivière qu'argentait

un premier croissant de lune, se dirigea vers la poste et télé-
graphia ces mots :

« Aurai argent. Partirai quand tu voudras. »

Puis, avant de regagner la *Maisonnette*, il se promena longtemps par les chemins qu'illuminait la clarté douce des étoiles.

Le jeune homme éprouvait un véritable soulagement à être
seul à cette heure...... Les yeux fixés devant lui, il évoquait la
vision de l'avenir, de cet avenir mystérieux qu'il préparait.

Comme il avait dû combattre pour obtenir ce capital auquel
tout lui donnait droit, car il n'avait rien réclamé qui ne fût
à lui, après tout!..... Ces quinze mille francs ne lui venaient-
ils pas des siens?.....

Il se souvint, en cet instant, d'une conversation échangée
quelques mois plus tôt avec un officier rencontré dans une réu-
nion à Paris :

— Je n'ai que mon épée, disait son interlocuteur, comme
mon frère n'a que sa plume d'écrivain..... Nous n'en sommes
pas plus à plaindre..... Les hommes sont créés pour le labeur ;
tant qu'ils ont leur intelligence et leurs dix doigts, ils doivent
s'estimer heureux..... Nous étions quatre, et si nous avions pris
notre part du modeste héritage paternel, nos deux sœurs auraient dû travailler.....

Oui, le brave soldat avait parlé ainsi, tout simplement, sans
gloriole..... Mais bah!..... Idées chevaleresques!..... Cependant,
qu'avait demandé Marguerite? Non pas l'*abandon* complet de la
maigre fortune de son frère..... Seulement un sursis.....
Quelques années encore, afin de laisser aux plus jeunes le
temps de s'armer pour la lutte.....

Un remords vint à Jacques, presque une honte d'avoir été
si brutal..... Devant lui passa la silhouette de Marguerite.....
Il vit son air douloureux, il vit couler ses larmes..... Toute la
scène précédente se déroula de nouveau.....

Alors, voulant mettre fin à ce retour sur le passé qui l'exas-
pérait, le jeune homme fit demi-tour sur la route, et, furieusement, avec le jonc flexible de sa canne, décapita un minuscule peuplier qui commençait à croître au bord d'un petit ruis-
seau.....

Rendu à lui-même par cet acte de violence, Jacques vit les
choses moins en noir...... Peu à peu il traita de balivernes les
velléités scrupuleuses..... d'exagération ridicule la générosité

de l'officier parisien..... d'audacieuse requête l'humble prière de Marguerite..... Et, pour se rassurer tout à fait, il conclut :

— D'ailleurs, elles y trouveront leur avantage comme moi... Plus tard..... si.... lorsque j'aurai fait fortune, je pourrai..... c'est-à-dire je les doterai..... Oui, c'est cela, je les doterai toutes..... Cela vaudra bien quinze mille francs!.....

Et ce soir-là, quand Jacques rentra sous le toit hospitalier de la *Maisonnette*, il s'était persuadé à lui-même qu'il avait fait œuvre pie en dépouillant ses sœurs.

. . . .

Pendant ce temps, Marguerite bordait « ses filles » dans leurs couchettes. Ypriane se laissa faire gentiment après avoir mis, caressante, un gros baiser sur la joue de « la grande ».

Mais Ange, à demi soulevée sur son lit, arrêta les mains de Mlle Amadour qui s'apprêtaient à l'emmailloter dans ses couvertures. D'un mouvement spontané, elle jeta ses deux bras autour du cou de Marguerite et murmura :

— Je t'aime tant!

Puis elle resta longtemps ainsi, silencieuse, sans vouloir desserrer l'étreinte dont elle emprisonnait sa sœur, heureuse d'être là, blottie contre ce cœur vaillant qu'elle sentait si bien tout rempli d'elle.

Marguerite savait que c'était la douce façon dont Ange réclamait une confidence ; elle posa donc ses lèvres sur les yeux de la petite et balbutia sans commentaires :

— Ma bien chérie, il faut beaucoup prier pour Jacques!.....

Les bras de l'enfant se détendirent ; sa main droite saisit la main de sa sœur pour la porter à son front, puis à sa bouche ; elle ne répondit rien, mais lorsque Marguerite, d'un pas courageusement calme, se fut éloignée, elle s'agenouilla sur son lit et se prosterna longuement.

La lune entrait à flots dans la chambre, inondant de lueurs mystérieuses la fillette enveloppée dans sa blanche robe de nuit. Les rayons argentés formaient une auréole pâle sur les boucles blondes, immatérialisant les traits délicats de l'enfant.

A cette minute, justement, Marguerite entr'ouvrit la porte pour s'assurer, avant de prendre son repos, que la petite dormait..... Elle fut effrayée de la voir ainsi, mains jointes, immobile, si peu terrestre, presque du ciel..... et, s'approchant, rapide, elle entoura l'enfant de ses bras maternels ;

— Ange, recouche-toi!.....

Surprise, l'enfant regarda sa mère adoptive et murmura :

— Tu m'avais demandé de bien prier pour Jacques, vois-tu, je le faisais..... et, tous les jours, je le ferai encore!..... Je sais, j'ai compris, va! qu'il médite quelque chose que tu réprouves ; mais je prierai tant que..... Oui, plus tard, plus tard, continua-t-elle en s'agitant sur sa couche, ce sera peut-être moi qui le.... Je demande cela au bon Dieu!.....

Elle retomba épuisée, et Marguerite, en prenant sa main, s'aperçut qu'elle était brûlante.....

Une simple émotion éprouvée avait suffi pour déterminer chez la fillette un fort accès de fièvre.....

Toute la nuit, Mlle Amadour veilla, bien que l'enfant se fût assez promptement calmée, puis endormie.....

Considérant avec tendresse la forme gracile couchée dans le petit lit blanc toujours inondé par les rayons de la lune, la pauvre grande se répéta les mots qu'elle avait dits à Jacques :

— Ange, si délicate, si frêle..... Ange, que le moindre effort abat..... Aie pitié d'elle!.....

Et, pleine d'angoisse, elle ajouta :

— Mon Dieu! ayez pitié de nous!.....

.   .   .   .

Samedi. Toutes trois ont mis leurs chapeaux, et Marguerite, simplement, a dit :

— Nous partons pour le cimetière.....

Un peu d'espoir lui vient que Jacques les accompagnera, et que, agenouillé sur le tombeau maternel, comme aux jours de sa petite enfance, il ouvrira son cœur pour l'examen loyal imaginé par elle, et que le fils, ému par le souvenir plus vivant de sa mère, ne parlera plus de partir.....

Mais justement parce que devant la croix qui garde les cendres de la morte le jeune homme aurait à rendre compte de toute sa conduite, il n'ira pas..... Il a peur du reproche muet de cette tombe, sur laquelle, chaque semaine autrefois, il portait le fardeau de ses fautes d'enfant.

Troublé, il se détourne, feignant d'être absorbé par la contemplation d'une gravure qu'il connaît depuis toujours.

Ypriane s'arrêta ; une question monta jusqu'à ses lèvres :

— Viens-tu?

Il ne répondit pas. Marguerite prit alors la main d'Ypriane, et, passant le bras d'Ange sous le sien, elle s'engagea dans le chemin devenu si familier à son cœur.....

La route s'effectua en silence, et le pas léger des marcheuses troubla, seul, le grand calme du soir.....

Arrivées auprès de la tombe, Mlles Amadour s'inclinèrent, respectant, tacitement, la place où Jacques avait coutume de s'agenouiller..... Il était si présent à leur pensée, à leur âme, que, sans un mot, toutes trois se mirent à prier pour lui..... La visite hebdomadaire, ce jour-là, fut longue, très longue..... Marguerite avait tant à dire et tant à demander!..... tant à demander pour l'ingrat qui s'en allait, joyeux, vers les désillusions de la vie sans venir implorer une dernière fois la bénédiction maternelle.

Lorsqu'elle se releva, le visage apaisé par la prière, le crépuscule commençait à envelopper les choses..... Tout autour des tombeaux, les ifs et les cyprès jetaient de grandes ombres, et les oiseaux de nuit, lourdement, se posaient sur les monuments et sur les croix..... C'était si mystérieux, si lugubre, qu'Ange se blottit contre Marguerite et murmura :

— J'ai peur!

Mlle Amadour, toute réconfortée par la clarté d'en haut, qui, malgré la nuit grandissante, était descendue dans son âme, entoura de son bras la taille frêle de l'enfant, et répondit :

— Dieu est avec nous!.....

M. le curé taille ses roses.

Sur sa pauvre soutane jaunie, il a noué un grand tablier bleu, et, coiffé d'un immense chapeau de jonc, un gros sécateur en main, il coupe, coupe.....

— Julie, tu sais, je n'y suis que pour les pauvres et les malades, ce matin.....

— Entendu, Monsieur le Curé, on t'obéira.....

Et la sœur du prêtre s'éloigne, bien décidée à faire bonne garde à l'intérieur du presbytère.....

Les malades, les pauvres..... rien qu'eux seuls.... Ils sont les deux plus grands amours de l'abbé Clément..... Aux malades, il peut ouvrir le ciel..... aux pauvres, apporter quelquefois un secours.....

— Oui, Monsieur le Curé, on t'obéira.....

Il y a dans ces mots de Julie tout le simple poème de son dévouement fraternel..... Il y a du respect : « Monsieur le curé » : le vieillard n'est-il pas monté très au-dessus d'elle par la dignité du sacerdoce?..... Il y a de la tendresse aussi dans ce doux tutoiement, vieille habitude conservée du passé, alors que, tout petits, ils allaient sagement, elle et lui, la main dans la main, au catéchisme ou à la garde des troupeaux.....

.....M. le curé taille ses roses..... — Ah! les vilains pucerons! toutes ces feuilles qu'ils ont mangées!..... En voilà qui se glissent jusqu'au sein des boutons..... Julie! un peu de soufre!.....

Mais Julie ne répond pas, et le bon prêtre entend sa voix qui s'élève craintive et cependant joyeuse.....

— Monsieur le Curé, une visite!

— Pour un malade?.....

— Non.

— Un pauvre?

— Pas davantage!

— Alors?.....

Et l'abbé Clément, très troublé à la pensée qu'on va le surprendre dans son accoutrement de jardinier, secoue la terre qui souille le bas de sa soutane et dénoue vivement le grand tablier bleu.

— C'est Mlle Marguerite, de la *Maisonnette.*

Le prêtre approuve d'un signe :

— Tu as bien fait.....

Puis, à part lui, intérieurement, il ajoute :

— Malade?..... Elle a tant souffert, ne l'est-elle pas un peu?.... Pauvre? hélas! on n'est point riche à la *Maisonnette.*

A voix haute il conclut :

— La consigne n'est pas pour elle!.....

Mlle Amadour a fait un mouvement de recul. M. le curé l'a vu, et, pour la rassurer, il sourit doucement :

— Vous ne me dérangez point, regardez!

Pour la tranquilliser tout à fait, il coupe encore quelques sauvageons rebelles :

— Quoi de nouveau?

— C'est que..... Monsieur le Curé, je désire causer avec vous aujourd'hui même.

La voix est étrange. Le prêtre se retourne brusquement, et, sur le visage de la visiteuse, il lit un trouble qu'il n'y a point vu encore. Bouleversé, il jette au hasard ses ciseaux de jardin parmi les touffes épineuses, et se rapprochant :

— Qu'y a-t-il? questionne-t-il avec angoisse, serait-ce un nouveau souci, ma pauvre enfant?

Il la traite toujours un peu en petite fille, malgré le givre précoce de ses cheveux, cette aînée des Amadour qu'il a baptisée et bercée autrefois..... Cela ne le fait point jeune, certes!

— Eh bien?

— Je voudrais, commence Mlle Amadour à voix basse, je voudrais implorer votre conseil et votre secours..... Il faut que je trouve au plus vite quelque nouvelle occupation lucrative.

— Vos leçons de dessin à Saint-Maur?

— Ne me suffisent plus.....

— Comme vous devenez ambitieuse!..... Vous voulez donc rouler sur l'or, à la *Maisonnette* ?

Il essayait de plaisanter, mais une grande inquiétude le gagnait.....

Marguerite répondit :

— Ce n'est point l'ambition, mais la nécessité... Jacques...

Et, simplement, elle retraça les faits des jours précédents.

Tandis qu'elle parlait, de grosses larmes coulaient sur son visage, et le pauvre prêtre qui, lui aussi, pour la première fois depuis la mort de Mme Amadour, voyait pleurer Marguerite, le pauvre curé sentit « quelque chose d'humide » voiler un instant ses bons yeux :

— Jacques!..... En sommes-nous là, ma petite?..... Il a fait cela, lui?..... Oh! c'est mal, bien mal!..... Comment paye-t-il donc vos tendresses et vos dévouements, l'ingrat?

— Ce n'est point seulement cette ingratitude qui m'est si dure, murmura doucement Marguerite; j'ai adopté Jacques dans mon cœur parce que ma mère, en mourant, me l'a demandé... et je n'attends point ici-bas ma récompense ; mais il va s'en aller très loin, abandonné à des influences nouvelles, mauvaises même, peut-être, et tout ce que j'ai fait jusqu'à ce jour pour le garder un peu deviendra inutile..... Qui est cet ami dont il parle? Prévolt..... Ne va-t-il point achever de le corrompre, de le séparer de nous.....

Elle se tut, épuisée par l'effort de sa confidence.

— Laissez faire Dieu, ma fille, reprit affectueusement le saint prêtre, nous voyons trop les choses, nous, avec nos pauvres yeux humains..... Qui sait si le bien de Jacques n'est point au bout de cet événement qui nous bouleverse?..... Si la Providence n'a point tout ménagé pour le salut de cet enfant qui paraît pourtant s'engager dans une voie dangereuse?.... Si, après des années bien longues, il ne reviendra pas à vous, entièrement changé? Non, voyez, Marguerite, le fils d'une mère comme la vôtre, ne périra pas..... Et j'ajoute : ce que vous faites pour lui, depuis douze ans déjà, ne restera point stérile..... Croyez-moi, dans les âmes baptisées et instruites de leur foi, le bon grain finit presque toujours par germer et mûrir.

A mesure que le prêtre parlait, un rayon de divine espérance s'allumait dans les yeux de Mlle Amadour :

— Dieu vous entende! murmura-t-elle, et je n'aurai point trop souffert.....

— En attendant qu'il nous revienne — autre, espérons-le, — il faut songer au présent, à l'avenir qui se fait sombre. Je ne crois pas à la réussite de Jacques ; tous ces espoirs sont fondés sur des aléas..... Et même si le succès couronnait un jour ses imprudentes entreprises, il faudrait pour cela qu'il travaillât pendant des années et des années encore..... A mon avis, il n'en est pas capable : je le connais trop. Quoi qu'il en soit, mon bon curé, pour nous le temps presse..... je ne veux pas que mes chéries souffrent..... Ne pourriez-vous pas me trouver quelque chose?.....

Dans son simple héroïsme, Mlle Amadour avait raisonné sagement : l'abbé Clément le comprit, car, sans répondre, il se mit à réfléchir profondément, les doigts plongés dans sa belle chevelure blanche de vieillard.

— Voyons, murmura-t-il, voyons..... M'aurait-on parlé de quelque chose, ces derniers temps?..... Les Pradières?..... Non..... Les Arveynes?..... Pas davantage..... Les?..... Ah! oui! il y a bien.....

Le visage de Marguerite s'éclaira un peu :

— Il y a?.....

— Non, ce n'est pas pour vous!..... Pauvre petite, c'est impossible!..... Vous envoyer là, ce n'est pas votre place.....

— Vous savez bien que je suis prête à tout..... Mon bon

Curé, dites tout de même, je vous en prie..... De quoi s'agit-il?

— C'est pour Mme d'Espy, du Château-Neuf, vous savez.....
Elle voudrait une..... elle voudrait quelqu'un qui lui consacrât
en partie ses journées.....

— Une dame de compagnie, n'est-ce pas? interrogea doucement Marguerite..... Qu'y a-t-il là qui ne puisse me con-
venir?

— C'est que vous ne connaissez point peut-être la personne
dont il est question..... Je ne l'ai jamais vue moi-même ; ce
sont les on-dit seulement qui m'ont renseigné sur elle..... Le
Château-Neuf est son terrier, elle n'en sort pas, même pour aller
à l'église, qu'elle ne fréquente plus depuis près de cinquante
ans..... Elle vit là, en sauvage ; son unique relation est le
notaire d'Hirson, M. Brébois — ancien camarade de votre père,
— auquel, paraît-il, elle confie ses intérêts..... Je vous dis tout
cela, expliqua vivement le curé, parce qu'il est de mon devoir
de vous éclairer sur ce qu'est cette femme.....

Un scrupule venait au saint prêtre de manquer à la charité
en parlant trop librement de Mme d'Espy. Marguerite le ras-
sura d'un geste :

— Cela restera entre nous, répondit-elle.

— Brébois, qui m'a prié de lui trouver quelqu'un au plus
vite, m'a avoué que ce quelqu'un, fût-il un ange, ne resterait
pas à Château-Neuf. Mme d'Espy parle à son entourage comme
un piqueur parle à ses chiens..... En plus, elle est avare
« comme un vieux rat de cave » — c'est l'expression du notaire.
— vous comprenez donc, Marguerite, pourquoi je vous disais :
cette position n'est point pour vous.

— J'essayerai.

— Réfléchissez encore..... Là, tous vos sentiments seront
froissés, vous souffrirez un vrai martyre.....

— Je lui ferai peut-être un peu de bien..... Si je la rame-
nais.....

Cette fois, le curé se tut. Ce dernier argument avait trouvé
le chemin de son âme de prêtre ; il sourit. Déjà il entrevoyait
la possibilité d'un retour au bercail pour une brebis égarée.....
Combien cette enfant, qu'il avait rendue toute pure au saint
baptême, était restée grandement fidèle aux serments faits en
son nom!.....

— Allez alors, ma fille, que Dieu soit avec vous!..... qu'il adoucisse votre tâche et prépare le champ stérile où vous allez travailler pour le grand jour de la moisson.....

Mlle Amadour se leva ; l'angélus sonnait au village. Toute réconfortée, elle se dirigea vers la porte que lui ouvrait Julie..... Avant de rentrer à la *Maisonnette*, elle s'arrêta un instant à l'église, bénissant Dieu qui, toujours, mettait sur son chemin le secours attendu..... Quel que pût être l'avenir qu'elle allait partager désormais entre une inconnue et les siens, Marguerite se sentait assez forte pour l'accepter et demeurer fidèle à sa tâche envers et contre tout.....

VIII

Un matin brumeux.

Il y a des larmes dans le ciel, des larmes prêtes à couler, des larmes que retient encore une couche de brouillard intense.

Il y a des larmes dans les yeux, des larmes qui vont couler tout à l'heure, quand la voiture dont on perçoit déjà le roulement lointain emmènera Jacques.....

Les volets sont encore mi-clos, et, dans l'obscurité presque complète des pièces exiguës, on s'agite, on va, on vient, dans cet affolement des départs qui empêche quelquefois de trop en souffrir.....

— Tu n'as rien oublié ?..... Tes gants..... Tes provisions de route ?..... Vois-tu, là, dans ce petit coin de ton sac, j'ai mis une sandwich de plus..... Tu pourrais avoir faim vers le milieu du jour..... Il y a loin d'ici à Marseille.....

— Couvre-toi bien, pendant la traversée ; il fait froid sur mer, la nuit surtout..... Voici ton foulard et ta pèlerine.....

Ange, à son tour, s'approche, et, tendant à Jacques une rose fraîchement cueillie sur les palissades presque dépouillées de la *Maisonnette*, Ange murmure très bas :

— J'ai pensé que tu aimerais peut-être à emporter avec toi une petite fleur d'ici..... Lorsque tu t'ennuieras, là-bas, et que la nostalgie te prendra de nous, de notre chère maison natale, tu regarderas cette rose, veux-tu ? Elle te dira que tes sœurs pensent à toi et t'attendent..... elle te dira que.....

Le fillette se tut, brisée par l'émotion..... Le feu avait envahi ses joues, la fièvre brillait dans ses yeux limpides ; Marguerite la fit asseoir ;

— Calme-toi, murmura-t-elle.

Jacques avait pris la rose, comprenant que la refuser serait blesser profondément le cœur sensible de la pauvre petite. Il la tourna quelque temps dans ses doigts ; puis, ému malgré lui, il plaça la fleur entre les feuillets d'un livre qu'il devait emporter avec lui :

— Je la garderai, dit-il.

Maintenant que l'heure approchait où il allait partir, le jeune homme éprouvait un sentiment étrange, fait de regret et d'appréhension..... Autour de lui, toutes les choses familières s'animaient, prenaient une voix pour lui dire :

— Ne t'en va pas..... Ici, c'est le toit béni, l'affection, la tendresse..... Là-bas, c'est l'inconnu..... Tu seras seul..... seul dans le monde immense.... Ne t'en va pas.....

A ce moment, quelqu'un passa tout près de la maisonnette en chantant la triste romance de Dominique dans *Paul et Virginie* :

> L'oiseau s'envole
> Là-bas, là-bas!.....
> L'oiseau s'envole
> Et ne revient pas!.....

Ypriane et Marguerite se regardèrent, un frisson les secoua..... Ange, perdue dans sa rêverie, n'avait point entendu.....

Jacques eut un geste d'impatience ; il n'avait que faire de ces sentimentalités..... Pourquoi cette angoisse importune ?

Il fit un pas dehors pour chercher à voir la voiture dont le roulement devenait de plus en plus distinct..... Mais, au même instant, la voix du chanteur matinal, une dernière fois, parvint, répercutée par l'écho moqueur :

> Reste à la maison,
> Crois à ma chanson!

Par bonheur, le véhicule attendu approchait. Jacques ouvrit la barrière et jeta sur le siège son sac et son manteau..... Ses sœurs l'avaient suivi en silence, très pâles..... Josa, la terrible Josa, elle aussi, se détournait pour frotter ses yeux du coin de son tablier :

— On l'a vu si petit, quand même!.....

Ypriane et Ange sanglotent..... Marguerite ne pleure pas,

mais ses lèvres se sont mises à trembler ; elle attire contre son cœur le prodigue qui va la quitter, et puis, le serrant dans ses bras, affirme, comme pour démentir la chanson :

— Tu nous reviendras..... Adieu, mon petit.....

Elle se fait pour lui aussi tendre que possible, malgré les fautes et l'ingratitude qui l'ont payée jusqu'à ce jour..... Il faut laisser à Jacques, de la *Maisonnette*, une impression douce et réconfortante, une vision bénie..... afin que plus tard, de lui-même, il vienne y réchauffer son cœur quand il aura trop froid, loin d'elle..... Il faut que le jeune frère sente, en partant, combien il est aimé encore par ces trois femmes, pour qu'il ose leur apporter un jour à soigner et à guérir les blessures que d'autres — des inconnus — pourront lui avoir faites.....

Très vite, le jeune homme rend son étreinte à Marguerite, il embrasse Josa..... ses jeunes sœurs, et puis..... un coup de fouet..... le cheval s'ébranle.....

Après quelques instants, la voiture a disparu, sans que Jacques se soit retourné.....

Mlles Amadour, à pas lents, sans un mot, regagnent la *Maisonnette*. Marguerite, à son tour, fond en larmes : Combien une mère peut chérir son fils, même à l'instant où il la fait le plus souffrir !.....

Ypriane et Ange s'agenouillent près de leur sœur aînée ; elles ont pris ses mains pour les couvrir de caresses, et, afin de la consoler, elles murmurent :

— Nous te restons !.....

D'un geste de jalousie folle, Marguerite les enlace de ses bras, et répond, semblant défier un ennemi inconnu :

— Vous, mes deux trésors, mes deux amours, je vous garde !.....

IX

Depuis trois quarts d'heure environ, Mlle Amadour marche ; jamais elle n'a pris ce chemin qui conduit au Château-Neuf, et cette course matinale lui semble intolérablement longue.

Que va-t-elle dire ? Comment faut-il aborder cette femme qu'on lui a dépeinte d'une façon si peu engageante ? Quel accueil va-t-elle trouver là-haut, dans l'habitation mystérieuse qu'on aperçoit déjà, nichée au milieu des sapins ?

Il y a certes bien longtemps que Château-Neuf a été baptisé de ce nom..... car il apparaît aux yeux de Marguerite comme un vieux géant de granit, armé depuis les profondeurs non comblées des fossés à pont-levis, jusqu'aux aspérités des créneaux qui s'étalent sur le toit comme une rangée de dents formidables. La construction résume bien ce mot d'ordre de la terrible époque féodale :

« On va t'attaquer : défends-toi! »

Et Mlle Amadour, le cœur serré par un malaise involontaire, compare instinctivement cette demeure lugubre avec sa chère petite maison où tout sourit au regard..... où les fenêtres s'ouvrent largement au soleil..... où les jasmins parfumés escaladent les murailles blanches.....

Faut-il rebrousser chemin sur l'heure, sans pénétrer dans cette demeure effrayante, auprès de cette femme dont elle a peur sans l'avoir jamais vue ; ou bien doit-elle avancer quand même, malgré l'angoisse qui l'étreint ; doit-elle monter à l'assaut du cœur de roc de la châtelaine?.....

Céder au premier sentiment serait lâche..... Où trouver ensuite le moyen de subvenir aux besoins des petites sœurs?..... Où gagner l'équivalent de cet argent que Jacques vient d'emporter avec lui, où?.....

Elle avance toujours, et, d'un mouvement ferme, tire la chaîne rouillée qui correspond à la cloche d'appel.....

Quelques minutes..... son cœur bat..... Les aboiements de plusieurs chiens se répercutent dans la cour..... La porte s'ouvre. Très pâle, Marguerite entre..... Aussitôt, elle est entourée par une vraie meute : cinq ou six terribles échantillons de la race canine jappent à ses côtés en découvrant leurs crocs menaçants..... Elle recula. Quelle réception bienveillante Mme d'Espy réserve à ses visiteurs!..... Un peu d'effroi passe, rapide, sur les traits de Mlle Amadour ; près d'elle, une voix s'élève, aigre et moqueuse :

— Ayez pas peur! vont pas vous manger!

Alors seulement Marguerite aperçoit l'horrible créature qui lui a ouvert la porte..... C'est une petite femme vieille, laide, ratatinée, sale comme un sac de charbon, le visage méfiant et mauvais.....

— Vous vous êtes trompée d'adresse, dit-elle d'un ton maussade..... Connaissons pas votre figure, ici.....

— Je désire parler à Mme d'Espy..... je suis bien chez elle?.....

— Faut croire! Mais Mme d'Espy ne reçoit personne, personne, entendez-vous.....

— Elle me recevra.....

— Pas plus vous que les autres, et vous n'avez bien qu'à vous en retourner!

— Elle me recevra, reprend Marguerite, avec un ton plus autoritaire...... Vous lui direz que c'est M. Brébois qui m'a envoyée.....

A ce nom, magique sans doute, la vieille courbe davantage son échine voûtée, et, tout en grommelant, fait quelques pas vers le château, un monstrueux trousseau de clés en main :

— Alors, venez, dit-elle d'une voix rogue, on verra bien......

Pour pénétrer jusqu'au salon, il faut tirer dix verrous et pousser une douzaine de portes..... A la dernière étape, la rustique servante marmotte dans un grognement :

— C'est une dame qui veut vous voir de la part du notaire.

Par ce beau soleil de septembre, les fenêtres sont hermétiquement closes ; les fissures légères sont couvertes par une épaisse bande de papier, et, dans un désordre affreux, elle aperçoit enfin la baronne d'Espy.

D'abord, elle ne voit rien de l'étrange femme, rien qu'une masse informe de couvertures et de châles..... Puis la figure émerge de ce fouillis, anguleuse, revêche......

— Fermez la porte, fermez donc! Mes douleurs!..... Vous n'y pensez pas.....

Mlle Amadour obéit en silence, puis elle se rapproche de nouveau, tendant à la châtelaine la lettre écrite par M. Brébois.....

— J'ai mal aux yeux, c'est inutile..... Dites-moi ce que vous voulez..... Si c'est pour de l'argent, vous pouvez vous en aller tout de suite, je ne donne rien à personne.....

— Et moi, je ne demande rien jamais, répond fermement Marguerite..... Je suis Mlle Amadour..... M. Brébois m'a dit que vous cherchiez quelqu'un pour.....

— Une gouvernante!.....

— Je viens me proposer......

La baronne assujettit ses lunettes sur son nez osseux, et, sans faire asseoir Marguerite, elle se mit à l'examiner attentivement comme on examinerait un échantillon quelconque :

— Ah!..... Vous a-t-on dit ce que je demande, ce que j'exige plutôt?

— Pas encore. C'est à vous, Madame, de bien vouloir me l'expliquer.

— Il faut me faire promener..... dans la maison, bien entendu, je ne vais jamais au jardin..... Il faut me faire la lecture, raccommoder...... être à mes ordres, en un mot, pour tous les menus services dont j'ai besoin..... Il faut me distraire surtout ; je m'ennuie à mourir ici ; j'ai pris Fanchette en grippe, elle m'est nécessaire et cependant je ne peux plus voir sa figure de chafouin..... Pourrez-vous venir chaque jour?.....

— Chaque jour, oui, Madame ; seulement, pas du matin au soir..... Quelles heures préférez-vous?.....

— Dans la matinée..... Après-midi, j'ai presque toujours la visite de Brébois qui me lit l'*Echo des Finances* ; ensuite, nous causons argent...... Pour cela, je n'ai pas besoin de vous..... Il faudrait que vous fussiez là à 7 h. moins 1/4.....

— 7 h. moins 1/4?..... Oh! Madame, il me faut presque une heure pour venir à Château-Neuf..... Si vous permettiez.....

— Non, non..... 7 h. moins 1/4, j'y tiens..... Vous vous lèverez plus tôt, voilà tout!..... J'ai un petit massage quotidien à faire ; je vous apprendrai..... Fanchette est si paresseuse quand il s'agit de sortir de son lit que je ne suis jamais massée d'une façon régulière..... C'est à prendre ou à laisser.

— Alors, comptez sur moi, Madame, je serai là..... exactement.

Depuis quelques instants, la baronne dévisageait Marguerite ; ses yeux perçants voyageaient de bas en haut pour détailler chacun des traits de sa future compagne ; puis, soudain, arrêtant son regard sur les cheveux grisonnants de Mlle Amadour :

— Voilà!..... un ennui!..... J'aurais préféré une figure plus jeune..... Il faut mettre un peu de gaieté au Château-Neuf..... N'avez-vous point des sœurs?.....

Marguerite frissonna à la pensée que ses mignonnes pourraient entrer là, dans cette maison inhospitalière, et souffrir de tout ce qui la froissait, elle, depuis qu'elle y avait pénétré.

— Mes sœurs ne sont point encore d'âge à s'en aller toutes seules par les chemins ; de plus, Madame, leur santé n'est pas assez forte pour que je leur permette de faire chaque jour une course aussi longue, par tous les temps..... D'ailleurs, ajouta Marguerite en souriant un peu..... je suis moins âgée que vous le croyez peut-être..... J'ai trente-sept ans.....

— En effet!..... trente-sept ans!..... Vous portez davantage. Ce sont vos cheveux, probablement, qui vous vieillissent un peu..... Alors, je renonce à vos sœurs..... Mais attendez..... lisez-moi quelques lignes ; je veux, avant de vous engager tout à fait, savoir si vous êtes une bonne lectrice..... Je suis très difficile..... Fanchette lit en dépit du bon sens..... Prenez ce livre.....

Marguerite prit docilement le volume indiqué et l'ouvrit au hasard. Pendant un instant, sa voix calme et harmonieuse s'éleva dans le silence du grand salon.....

Mme d'Espy approuva d'un geste :

— C'est bien..... Etes-vous musicienne?

— Un peu.....

— Jouez, je veux voir..... J'aime la musique à mes heures.

Mlle Amadour chercha des yeux le piano et finit par le découvrir sous un amas de brochures, de journaux, de cartons ; elle se retourna vers la baronne, une question dans le regard.....

— Débarrassez-le, ordonna la châtelaine d'une voix brève... Tout est un peu en désordre, ici. Fanchette ne fait rien de ses dix doigts..... Vous y remédierez.....

Le déblayement fut long. Après un quart d'heure de travail, Marguerite put ouvrir le piano, et, sous une épaisse couche de poussière noire, le clavier blanc apparut.....

— Doucement..... n'époussetez pas, surtout! Enlevez tout avec vos mains, votre mouchoir..... Ce que vous voudrez..... Je n'ai pas de torchon..... Soyez habile..... Un rien me fait tousser.....

Avec une inaltérable patience, la sœur de Jacques obéit encore..... Puis elle s'assit et commença lentement la première mélodie qui lui revint en mémoire.

L'instrument n'avait point servi depuis quarante ans, peut-être..... Quelques notes manquaient, et les autres, les plus robustes, qui se faisaient entendre encore, étaient entièrement faussées..... Il en résulta un ensemble de sons grêles, qui s'éleva, presque ridicule, dans la pièce immense.....

Il n'y avait point là matière à faire valoir le joli talent de Marguerite, pourtant Mme d'Espy parut satisfaite :

— Pas mal..... Arrêtez-vous..... Vous comprenez la musique..... Mais ce piano est d'un faux!..... d'un fêlé..... Fanchette.....

Elle s'arrêta, ne trouvant pas le moyen d'inculper sa servante en ce cas ; puis elle reprit presque aussitôt :

— Il faudrait le faire accorder..... Seulement, ici, je ne laisse entrer personne..... Connaîtriez-vous un ouvrier consciencieux?.....

— L'accordeur de Saint-Maur, oui, Madame.....

— En répondez-vous?

— Au couvent, il a toute la confiance.....

— Alors, amenez-le-moi..... Seulement, qu'il arrive avec vous et que vous le mettiez vous-même à la porte quand il aura fini..... On pourrait si bien se cacher, dans ce grand château!..... Quand viendrez-vous?.....

— Jeudi, si vous voulez, Madame ; je ne puis être libre avant.....

— C'est ennuyeux!..... A jeudi, alors. Vous pouvez partir.

Mais Marguerite restait immobile à quelques pas de la châtelaine..... Sur son visage calme, une certaine angoisse, distinctement, se lisait. Mme d'Espy s'en aperçut :

— Eh bien!..... qu'attendez-vous, dit-elle..... Pourquoi donc me regardez-vous ainsi?.....

Un peu de rouge monta jusqu'aux tempes de Mlle Amadour ; puis, courageuse :

— C'est que..... commença-t-elle, nous n'avons point encore parlé du..... de ce que vous voudrez bien me donner comme appointements..... Excusez ma question, Madame, je vous en prie, mais il faut que je sache..... quelles sont vos conditions.....

La vieille dame, d'un geste d'avare, crispa ses doigts sur ses couvertures, comme pour chercher à retenir fortement quelques piécettes invisibles..... Elle attendit un instant avant de donner sa réponse, et tout à coup :

— Soixante francs par mois, articula-t-elle nettement.

Mlle Amadour eut un geste de découragement suprême : « Quoi! tant de peine pour si peu! » Elle répéta :

— Soixante francs!.....

— Oui, pas un centime de plus, j'y suis bien décidée.....
C'est beaucoup, il me semble!..... Cela fait un total de.....
voyons..... douze fois soixante..... un total de.....

— Sept cent vingt francs..... murmura l'orpheline avec un
peu d'amertume dans la voix.....

— Eh bien! c'est très beau, il me semble..... Il y a de quoi
manger beaucoup de beurre sur son pain..... D'ailleurs.....
peu ou beaucoup, je ne donnerai pas davantage.... Acceptez-
vous?.....

Mlle Amadour courba le front et répondit :

— J'accepte!.....

Sous ses châles entassés, la vieille femme se frotta les
mains..... Heureusement, malgré son énergie, Marguerite
paraissait timide..... Elle abordait avec répugnance les questions d'argent..... Bonne aubaine!..... Si elle eût insisté, refusé
d'accepter cette rétribution modeste, il eût bien fallu augmenter..... Tout s'arrangeait à souhait pour permettre à la
bourse de l'avare de se desserrer le moins possible.....

— Alors, c'est bien, à jeudi..... Vous retrouverez le chemin
toute seule..... Inutile d'appeler Fanchette..... Allez tout droit,
puis à gauche, et tout droit encore jusqu'à l'entrée.....

— Adieu, Madame.....

— 7 h. moins 1/4..... J'aime l'exactitude!..... cria encore la
baronne au moment où Marguerite disparaissait.

. . . .

Lorsque Mlle Amadour se retrouva sur la route, seule, libé-
rée de toute contrainte, elle s'assit sur un tronc d'arbre ver-
moulu..... Le grand air qui fouettait son visage la dédomma-
geait un peu de l'atmosphère malsaine qu'elle venait de respirer.

Son abattement moral était si grand qu'elle ne put de longtemps se remettre en marche et qu'elle resta immobile à con-
sidérer la silhouette du terrible château.

Maintenant qu'elle *savait*, qu'elle avait vu par elle-même
l'intérieur dont cherchait à la détourner l'abbé Clément, maintenant qu'elle avait accepté d'y venir chaque jour, une immense lassitude s'emparait d'elle, annihilant ses forces, même
sa volonté, lui ôtant tout courage. Rentrer dans cette maison,
le pourrait-elle?..... En rapporter si peu, était-ce la peine de
tant y souffrir?.....

Sa pensée s'envola bien loin de là, vers Marseille, où Jacques l'insouciant devait se trouver, prêt à faire voile vers l'Algérie..... Comme il faisait pénible la vie de sa mère adoptive, cet ingrat, cet enfant sans cœur!..... Marguerite, pour la seconde fois déjà, trouva lourde, trop lourde, la part de travail et de dévouement qui était sienne..... Elle eut un gémissement, presque un cri de souffrance ; puis, ses mains jointes élevées dans un geste de supplication, elle s'écria :

— Mon Dieu! j'accepte, mais faites-*les* bien heureuses.....

Plus bas, elle ajouta :

— Faites-les heureux, *tous les trois !*.....

X

— Comment! vous ne savez pas la grande nouvelle du jour?..... Mais tout Hirson en parle..... Chère amie, cela va certainement vous intéresser..... Marguerite Amadour va chaque matin au Château-Neuf!.....

— Au Château-Neuf?.....

— Précisément! Je l'ai su par Mme Percier, qui le tenait de Mlle Vignolz, laquelle est l'amie intime de Mme Brébois, la femme du notaire de la baronne..... Vous jugez si je suis bien renseignée.....

— C'est étrange!..... Et que va-t-elle faire là-haut?.....

— C'est là que s'arrête ma lumière..... On chuchote que Mme d'Espy s'ennuyait..... Que Mme d'Espy avait mal aux yeux..... Que Mme d'Espy..... Bref, je crois tout simplement que Mlle Amadour joue, auprès de cette vieille chouette de baronne, le rôle de dame de compagnie.....

— Pauvre fille!..... Je la plains! Il a dû lui falloir du courage, car enfin la châtelaine du Château-Neuf n'a rien de bien attrayant!..... Aller s'enfermer avec elle dans ce repaire de hiboux! brrr!.....

— Du courage, du courage..... ma chère belle, je ne dis pas..... Mais, vous savez..... je suis très sceptique, moi..... et je ne crois pas à ces beaux dévouements désintéressés..... Il doit y avoir autre chose.....

— Autre chose?..... Quoi donc?.....

— Le sais-je?..... Pourtant, après avoir bien réfléchi, je me suis dit que la baronne était riche.....

— Eh bien?.....

— Que la baronne vivait en recluse......

— Et puis?.....

— Qu'elle n'avait point d'héritier.....

— Alors?.....

— Alors que si Mlle Amadour parvient à capter la confiance ou l'affection de la châtelaine, elle n'aura point perdu sa peine et que son beau *dévouement* sera bien récompensé.....

— Oh!..... Marguerite!..... Faire ce calcul!.....

— Pourquoi pas?..... Elle est intelligente!..... Notez que je l'approuve..... Si elle peut gagner ainsi une belle fortune, pourquoi ne le ferait-elle pas?.....

— Alors, vous croyez?.....

— J'en suis sûre..... J'ai tourné la question en tous sens, elle n'a point d'autre solution..... Chacun son goût et ses aptitudes..... Si Marguerite peut s'enrichir ainsi, elle a raison de faire un brin de cour à Mme d'Espy..... C'est tout naturel!..... Une seconde tasse de thé?.....

— J'accepte..... A propos, vous avez su que Monsieur.....

Quelqu'un d'autre était sur la sellette..... On laissa donc Marguerite en paix..... et « ces bonnes dames » continuèrent à savourer délicieusement leur *five o'clock tea*, assaisonné de médisances et..... de calomnies.

. . . .

Pendant ce temps, Ypriane et Ange, elles aussi, chuchotent, assises côte à côte sur le gracieux perron de la *Maisonnette*..... Elles sont si absorbées par ce qu'elles disent, que la chèvre « Besic », qui a remplacé la vache — les temps sont durs, — la chèvre dévore gloutonnement les derniers boutons de roses qui, tardivement, allaient s'épanouir..... Les jeunes filles ne la voient pas.....

— Ecoute, je sais bien, moi, que c'est pour nous qu'elle y va..... Nous avons dû faire quelque perte d'argent dont elle ne veut pas nous parler..... Mais ce n'est pas juste qu'elle porte le fardeau toute seule..... Ypriane..... te sens-tu le courage de travailler?

Ypriane ouvrit tout grands ses yeux bruns..... Ange y lut d'abord l'étonnement, l'hésitation, puis la joie..... D'elle-même, Ypriane jamais n'aurait eu cette idée-là, mais puisque sa sœur l'émettait, elle était tout heureuse de lui faire bon accueil dans son cœur et dans sa volonté!..... Elle frappa enfantinement dans ses mains :

— Travailler!..... oui!..... Quelle idée merveilleuse!..... Que ferons-nous?..... Si au moins j'avais déjà mon brevet supérieur!

— Tu as le premier..... le plus essentiel, tu peux avoir des leçons..... Et moi?.....

— Toi?..... c'est vrai..... toi!..... que pourras-tu faire?.....

— Je ne sais pas..... murmura l'enfant les yeux pleins de larmes ; voilà trois nuits que je ne dors pas et que je cherche..... sans trouver.....

— Petite sœur..... j'ai une idée, une bonne..... Seulement, il ne faut pas pleurer..... Embrasse-moi!..... Allons demander conseil à l'abbé Clément, veux-tu?.....

Le visage d'Ange s'éclaira ; elle avait grande confiance en les lumières du saint prêtre, elle se leva aussitôt.

Sans prendre leurs chapeaux, les deux petites, se tenant par la main, se mirent joyeusement à courir dans la direction du petit village « Pracy », leur paroisse.

Au bout de cinq minutes, elles se trouvaient devant le presbytère.

— Monsieur le Curé, c'est nous, ouvrez, ouvrez vite!.....

Il ouvrit tout de suite, en effet, et les fillettes firent irruption dans l'humble demeure :

— Eh bien! mes bons petits enfants?.....

Mais les sœurs de Marguerite, au lieu de chercher Julie ou d'ouvrir indiscrètement le placard où la sœur du curé mettait les petites douceurs faites à l'intention de leurs visites..... les sœurs de Marguerite, prenant un air très grave, dirent :

— Mon cher Curé, venez ici, dans votre salon, nous voulons vous parler.....

Lorsqu'elles furent assises, toutes deux nichées dans le même fauteuil, un grand voltaire qui aurait bien contenu quatre mignonnes comme elles, Ypriane commença :

— Voilà..... Il faut d'abord nous promettre un secret absolu.

— Je promets.....

— Même pour Marguerite.....

— Pour Marguerite aussi ; c'est donc bien grave?.....

— Promettez, ou vous ne saurez rien.....

— Soit, même pour Marguerite.....

— Alors, je parle ; écoutez bien, Monsieur le Curé..... nous voudrions travailler.....

— Travailler?.....

— Oui, c'est Ange qui a eu cette idée que je trouve très bonne..... Marguerite se fatigue beaucoup, surtout depuis qu'elle va chaque matin au Château-Neuf..... Nous voudrions faire aussi quelque chose.....

L'abbé Clément se souvint que, trois semaines plus tôt, dans le jardin dont on apercevait la verdure par la fenêtre ouverte, Marguerite était venue, pour une cause pareille, lui demander aide et secours..... Il fut touché profondément de retrouver dans Ypriane et Ange les mêmes sentiments délicats, la même confiance aussi que chez l'aînée des Amadour.....

— Nous voulons travailler, mais nous ne savons pas comment il faut nous y prendre..... C'est pourquoi nous venons à vous, étant sûres que vous voudrez bien nous conseiller.....

— Jusqu'à présent, intervint à son tour Ange, Marguerite nous a épargné toutes les peines, tous les soucis..... Maintenant, notre tour est venu d'en prendre notre part comme elle..... Qu'en dites-vous, mon bon Curé?

Elles craignaient un peu de se voir contredire par le saint prêtre ; mais l'abbé Clément, très grave, très ému, répondit :

— Vous avez raison, bien raison, mes petites..... Je vous bénis toutes les deux, que ferez-vous?.....

— Ypriane a son brevet pour l'enseignement primaire, elle pourra trouver des leçons..... Mais moi..... Que voulez-vous que je fasse?..... J'ai pu, jusqu'à présent, étudier si peu encore..... Et puis, je n'ai que quinze ans!..... Cependant, il faut que je trouve quelque chose ; aidez-moi, je vous en supplie, je souffre trop de cette inaction.....

Le curé considéra Ange pendant quelques secondes ; il vit tant d'angoisse, tant de supplication dans le regard de la fillette, qu'il éprouva pour elle une pitié infinie.

Que pouvait-elle faire? Pas grand'chose, rien même..... En raison de sa santé et de son âge, tout lui était fermé..... L'abbé Clément soupira, il sentait qu'un mot pouvait faire jaillir ces larmes qui, de nouveau, gonflaient les paupières de la petite.

Alors le prêtre enfouit sa tête dans ses deux mains réunies..... il pria..... Puis, soudain, une lueur de joie dans les yeux :

— Ecoutez, c'est peu de chose..... Mais cependant, si vous vouliez..... Quelqu'un m'a laissé autrefois une rente de trois cents francs pour l'entretien de mon linge d'église..... Jusqu'ici, les religieuses en prenaient soin..... et avec les petits revenus de ce pieux héritage, il m'a été possible d'acheter quelques ornements qui nous manquaient..... Maintenant que les pauvres Sœurs sont chassées, hélas! les armoires de ma sacristie sont pleines d'amicts, de lavabos, d'ornements à raccommoder..... Julie n'y voit plus..... Et il va falloir me décider à trouver quelqu'un qui se charge de tout cela..... C'est alors que les trois cents francs annuels vont m'être nécessaires..... Petite Ange..... voulez-vous les accepter et devenir l'ouvrière du bon Dieu?.....

L'enfant s'était levée, mains jointes, et, dans un mouvement spontané, elle tomba sur les genoux.....

— Oh! merci..... Dieu est bon! travailler pour lui et pour Marguerite à la fois.....

— Alors, vous voulez..... Venez avec moi, je vais vous donner un paquet à emporter tout de suite..... Quand il sera fini, j'en aurai d'autres..... Il y aura aussi des purificatoires à renouveler..... des pales à recouvrir..... De quoi bien vous occuper, petite Ange!.....

La fillette rayonnait de bonheur.

— Tu vois bien, lui dit gaiement Ypriane..... Tout à l'heure tu pleurais..... et c'est toi qui es servie la première!.....

— Je parlerai demain à Saint-Maur, Yane, intervint le curé.

— Et jusqu'à ce que tu aies pu trouver quelque chose..... je partagerai mon travail et mon gain avec toi..... C'est toi, du reste, qui m'a inspiré l'idée de venir au presbytère.....

Elles partirent joyeuses toutes les deux, les bras encombrés de linge d'église ; aussitôt arrivées, elles se mirent à l'ouvrage, vis-à-vis, sagement. A mesure que leur aiguille courait dans la batiste usée, pour repriser ou pour recoudre, un radieux sourire semblait s'immobiliser sur leurs traits.

— Maintenant, nos grands mystères sont inutiles ; puisque nous avons *trouvé*, Marguerite ne mettra plus d'obstacle à notre résolution.....

. . . .

Lorsque Mlle Amadour, ce matin-là, revint à la *Maisonnette*, elle fut très étonnée de voir Ypriane si tranquille, si occupée, à côté d'Ange, et les deux mignonnes armées de tout un appareil de couture.

— Que faites-vous?.....

Elles se regardèrent avec un peu de malice :

— Voilà, nous travaillons pour M. le curé! Regarde ce pauvre linge du bon Dieu, est-il assez misérable!.....

Marguerite sourit, elle caressa la tête des petites :

— C'est bien..... C'est bien..... Vous avez raison de prêter votre temps et vos doigts à l'abbé Clément.....

Elle n'en demanda pas davantage, et l'éclair de malice brilla de nouveau dans les yeux des jolies ouvrières.....

Mais le samedi suivant, lorsqu'avec une nouvelle provision de raccommodage Ypriane et Ange rapportèrent de Pracy quelques pièces d'argent..... lorsqu'avec un front rayonnant elles jetèrent leur petit gain sur les genoux de la « grande », Marguerite comprit.....

— Oh! mes chéries, mes anges! balbutia-t-elle.

Et puis elle pleura...... Mais c'étaient des larmes très douces à répandre : c'étaient des larmes de joie!.....

<h2 style="text-align:center">XI</h2>

Et, de ce jour, l'intimité se resserra encore à la *Maisonnette*. Une consolation véritable était venue à Marguerite, lorsqu'elle avait compris que ses sœurs voulaient tout partager avec elle, de même qu'un bonheur de plus était entré dans la vie d'Ange et d'Ypriane, depuis qu'elles travaillaient en union avec leur aînée.....

La mère adoptive, pourtant, avait encore ses secrets, ses mystères héroïques..... Jamais les enfants n'avaient su la démarche de Jacques pour emporter son héritage, ni pourquoi l'obligation de travail était devenue plus pressante.....

A quoi bon?..... Ce qui s'était passé entre Marguerite et son frère devait rester enseveli à jamais..... Les fillettes auraient conçu peut-être un sentiment de mépris et de désaffection pour le jeune homme, et cela, *il ne le fallait pas*..... Car lorsqu'*il* reviendrait, plus tard, il aurait besoin de tendresse..... et les petites sœurs pourraient n'avoir point oublié..... Tandis qu'elle, Marguerite, sur la blessure profonde que le frère coupable lui avait faite, avait étendu le voile de l'amour mater-

nel..... La blessure saignait encore : elle ne s'était point enve-
nimée. Au premier mot de repentir, la « grande » était prête
à ouvrir les bras au prodigue, à lui tendre la main si ses pas
chancelaient.

Elle ne disait rien non plus aux petites de ses séances quotidiennes au Château-Neuf..... Pourquoi les attrister par le récit
des meurtrissures constantes qui la faisaient souffrir, là-haut,
dans la société de la baronne d'Espy ?.....

Elles avaient bien essayé, parfois, de se faire emmener
par leur sœur jusqu'au Château-Neuf pour y connaître
Mme d'Espy..... Marguerite avait été inflexible, et Ypriane,
dans un moment d'humeur boudeuse, avait dit :

— Méchante! tu veux la garder pour toi toute seule, *la
dame* !

Mlle Amadour, avec un sourire étrange, avait simplement
répondu :

— Pour moi toute seule, tu as raison ; j'en suis très
jalouse.....

Et, depuis lors, Ypriane jamais n'avait redemandé de monter au château qu'elle avait surnommé le « Castel-Impre-
nable ».

Imprenable était bien choisi ; depuis deux mois que Marguerite y allait chaque matin, elle s'y sentait aussi étrangère
que le premier jour..... Sans un mot de bienvenue, la baronne
l'accueillait, et si le mauvais temps, une circonstance imprévue
retardait de quelques secondes l'arrivée de Mlle Amadour,
c'étaient des reproches cuisants :

— Vraiment! On n'avait plus d'égards pour la vieillesse, à
l'heure actuelle.....

La baronne d'Espy avait dû attendre Marguerite Amadour,
c'était inimaginable! Et le massage qui serait retardé! et l'eau
qui ne serait point chaude! et la lecture..... le coup de main
à donner à Fanchette pour le lit!

— Il faudra rattraper cela, Mademoiselle..... Je n'entends
point vous faire cadeau d'un temps payé..... Vous partirez plus
tard que d'habitude, et, une autre fois, vous vous arrangerez
pour vous lever plus matin.....

Marguerite ne répondait pas et courbait la tête devant ces
orages ; simplement, elle continuait sa besogne — raccommodage ou classement de papiers, — et quand c'était fini, quand

la vieille femme avait épuisé son vocabulaire ou qu'une quinte de toux arrêtait le flux de paroles, Mlle Amadour se rapprochait, et, prenant un livre au hasard sur la table, parmi ceux que préférait la baronne, elle demandait :

— Désirez-vous que je lise un peu ?....

Mme d'Espy acquiesçait d'un signe, et, pendant quelque temps, la voix douce et chantante de Marguerite s'élevait seule dans le salon.

C'étaient les meilleurs instants que ceux consacrés à la lecture, malgré la fatigue qu'ils occasionnaient..... Ensuite, il fallait mettre un peu d'ordre dans la vaste pièce où Fanchette n'avait pas le droit de pénétrer tant que Mlle Amadour était là.....

Chaque jour, dès sa première matinée, l'orpheline passait un moment à trier, à essuyer, à classer..... Mais, nouveau tonneau des Danaïdes, le salon semblait encore ne rien garder, dans son aspect, de l'ordre qu'y semait la main active de Marguerite.

Et tandis qu'elle rangeait, Marguerite avait aperçu à maintes reprises, sur toutes les tables, sur la cheminée et sur le piano, le même portrait — un portrait d'enfant, — un enfant tout jeune, deux ans peut-être, qui souriait dans les cadres d'or et de pierres précieuses : rien d'assez beau pour lui.

Avec un étonnement secret, Marguerite avait rencontré toujours ce même visage, ces traits délicats..... Elle n'avait rien osé demander, mais son cœur l'avait renseignée d'instinct sur l'original de ces miniatures : ce devait être le fils de la baronne. Elle avait été mère, cette femme rigide..... Sa vie avait donné la vie à un autre être passionnément aimé..... Ainsi l'affirmaient les regards de hyène jalouse qui se posaient sur la peinture, tout ce qui lui restait.....

Marguerite eut pitié de la baronne, une pitié infinie..... Mais en même temps un grand espoir lui vint : dans cette âme fermée, aigrie, il y avait un point vulnérable, une porte secrète, une blessure — oh ! si sanglante encore — par laquelle, avec prudence, avec précaution, on pouvait pénétrer..... Ce chemin, que Mlle Amadour cherchait depuis deux mois, lui apparaissait lumineux pour arriver jusqu'au cœur endurci.

Un jour, l'orpheline avait cueilli les premières églantines des buissons et les avait déposées humblement devant l'un des portraits. La châtelaine ne remercia pas ; mais, ce matin-là, elle fut moins dure pour sa pauvre demoiselle de compagnie.

Depuis longtemps, Marguerite remarquait, appendu à la muraille, près de la cheminée, un grand tableau dans son cadre..... Mais, par un hasard, une négligence, sans doute, la toile était tournée contre le mur, dérobant la peinture à tous les yeux.

Surprise, Marguerite n'osait pas toucher au portrait ; mais, à la fin, voyant que Mme d'Espy restait muette à ce sujet, elle pensa que l'habitude seule avait accoutumé la singulière femme à cet état de choses, et, simplement, retournant la peinture, la mit en place.

Elle était occupée à débarrasser la toile de la couche poussiéreuse qui s'y était accumulée, lorsqu'un cri, un cri strident fit tomber l'époussetoir de ses mains.....

Effrayée, Mlle Amadour s'arrêta : la baronne étendait convulsivement ses bras vers elle avec une plainte :

— Pas cela!..... pas cela!..... je ne veux plus le voir, jamais!

Elle était devenue livide, un peu de bleu teintait ses lèvres. Marguerite eut peur, elle la crut folle. Vivement, elle jeta de l'éther sur un mouchoir et lui en bassina les tempes.

Après quelques instants, la baronne se calma.

— Vous l'avez replacé comme avant? interrogea-t-elle. C'est une honte qu'il mérite et qu'il aura..... C'est un châtiment..... C'est.....

L'agitation la gagnait de nouveau ; ses doigts étaient brûlants de fièvre ; dans ses yeux une flamme étrange s'allumait. Le délire monta jusqu'à son cerveau, lui faisant jeter involontairement ses confidences :

— C'est lui qui l'a tué, mon Jean, mon fils!..... Mon seul amour!..... Le monstre! père sans entrailles!..... Quand il est rentré, il avait du sang sur les doigts..... le sang de son petit enfant..... Pourquoi l'avait-il conduit dans ce chemin au bord de cet abîme?..... Pourquoi ne lui tenait-il pas la main?..... Pourquoi ne le portait-il point entre ses bras?..... Mon Jean ne serait point tombé..... Pourquoi?

— Calmez-vous, supplia Marguerite.

La baronne se dressa sur son siège.

— Ah! vous aussi, vous plaidez sa cause!..... Vous voudriez

peut-être l'innocenter à mes yeux..... Prenez garde, prenez garde..... je puis vous faire arrêter demain!..... Vous croyez donc que je pourrais lui pardonner à cet homme que je n'ai point aimé, à ce bandit qui a causé la mort de mon fils?..... Il a eu beau pleurer en mettant sur mes genoux le corps broyé de mon enfant ; il a eu beau tendre vers moi ses mains qu'il avait déchirées au roc en voulant retrouver le cadavre de Jean, je ne lui ai plus dit un seul mot, jamais! Par un geste, je lui ai montré la porte..... Il est parti voilà presque cinquante ans....., et moi vivante, il ne franchira plus ce seuil..... Peut-être meurt-il de faim sur quelque route,.... Eh bien! que ce soit la rançon de tout ce que j'ai souffert par lui.....

Mme d'Espy s'arrêta, brisée par la violence de ses paroles ; avec un gémissement elle s'affaissa..... Marguerite la considérait avec une pitié immense. Combien le malheur avait aigri cette âme! Mlle Amadour songea que l'épreuve chrétiennement acceptée rapproche la créature du modèle divin ; mais que, par contre, elle endurcit le cœur et fait germer la révolte lorsqu'on ne s'incline pas devant Celui qui l'envoie.

Comment mettre un peu de baume sur ces plaies que le temps n'avait fait qu'envenimer chaque jour davantage? Marguerite chercha des yeux un crucifix pour y conduire le regard égaré de la baronne, elle n'en trouva pas : Mme d'Espy ne possédait point l'image sainte du Dieu consolateur.....

La malheureuse semblait avoir oublié la terre entière pour ne voir que le spectre qui passait devant son souvenir..... Pupilles dilatées, mains raidies, elle revivait la scène à laquelle, dans son délire, elle avait fait allusion.

Elle revoyait aussi, plus loin dans le passé, son enfance triste, confiée aux soins mercenaires d'une gouvernante revêche, sous la férule d'un tuteur, un vieux cousin maniaque et grognon. Son enfance enténébrée, sans rayon de tendresse pour l'éclairer..... Ses chagrins de petite fille que n'avaient jamais endormis les caresses...... Et ses réveils sans joie, et son sommeil du soir que ne berçait point le baiser maternel.....

Elle voyait aussi sa vie de jeune fille, sans intérêt, sans distractions, sans affection, presque sans espoir..... Ses longues journées d'ennui, ses révoltes ; aucun doux souvenir à évoquer!

Ensuite était venu le mariage ; on l'avait accordée au premier prétendant, et elle, heureuse d'être enfin sa maîtresse, de pouvoir vivre indépendante, avait acquiescé joyeusement à la volonté de son tuteur.

Le baron d'Espy sembla réaliser le type rêvé du mari qu'évoquait la jeune fille...... Faible, sans volonté, il laissa sa femme agir à sa guise, sans jamais s'ingérer dans ses affaires. Mme d'Espy s'était rapidement émancipée ; sous la main de fer de son tuteur, jadis, elle obéissait ; maintenant, dans la société de ce mari débonnaire, elle commandait en souveraine.

Et lui, craintif, s'inclinant sous le sceptre de la despote, se reconnut le plus malheureux des hommes.

Elle avait pris sa revanche : l'opprimée d'hier devenait l'oppresseur d'aujourd'hui. Pour trouver la paix, le baron déserta peu à peu Château-Neuf.

Un instant, il sembla qu'un rapprochement allait se faire entre ces natures si dissemblables...... Ce fut lorsque, dans le berceau préparé, un petit enfant reposa.

Parfois, sur la couchette, ils s'inclinaient ensemble pour surprendre au réveil le sourire de « petit Jean ».

Alors, sans le vouloir, leurs yeux se rencontraient, adoucis, pleins d'une tendresse immense pour le petit être qui était leur à tous deux.

Car la naissance de ce fils les avait changés l'un et l'autre ; le baron restait moins longtemps hors du manoir, impatient qu'il était de revoir le petit.

Quant à Mme d'Espy, son cœur froid s'était échauffé au contact de cette âme d'enfant qui vivait déjà dans les yeux grands ouverts! Un amour profond, unique, s'était emparé d'elle qui n'avait jamais aimé personne..... La vie s'était éclaircie soudain, un but lui était apparu dans ce petit être à chérir : une larme de Jean l'attristait, un de ses sourires l'illuminait toute.

Et voilà qu'après deux ans de cette existence presque heureuse, lorsque Jean fut arrivé à l'épanouissement de sa beauté enfantine, lorsque ses premiers gazouillements emplirent Château-Neuf de leur fraîcheur, l'épreuve avait sévi.

Un jour, le baby s'en était allé à la promenade avec son père, la baronne, malade, n'ayant pu se charger de ce soin.

Ils marchaient tous deux, le père et le fils, côte à côte, entretenant une de ces conversations de grande personne à enfant,

si délicieuses à entendre..... Le petit questionnait sur les fleurs,
les oiseaux, les nuages, et M. d'Espy répondait dans le même
langage enfantin pour être mieux compris.

A un moment, Jean, quittant la main de son père, se mit à
trottiner en avant, se retournant parfois pour bien voir s'il
était suivi, pour faire admirer surtout quelque fleurette inconnue de sa science de deux ans, quelque fleurette qu'il cueillait,
avec cette même explication toujours :

— Pour maman!.....

Le baron le regardait avec un doux sourire : toute sa joie,
ce bébé, ce bel enfant, seul être qu'il aimât!..... Et parfois il se
dérobait derrière un rocher ou un arbre pour le bonheur d'ouïr
la chère voix inquiète répéter :

— Papa!..... Papa!.....

Il venait justement de se cacher, grand enfant, derrière un
énorme chêne, et, tout seul, il souriait en songeant que son fils
allait l'appeler, l'apercevoir et se précipiter dans ses bras.....

En effet, l'appel se fit entendre. Il fut rapide, effrayant.....
Un cri, un seul cri déchira l'air, et ce fut tout : dans le grand
calme rétabli, le baron ne perçut que le bruit d'une chute,
d'un éboulis de pierres.....

Il s'élança, demi-fou..... Rien sur la route :

— Jean!.....

Sa voix s'étrangla, rauque d'épouvante..... Devant lui, la
nature souriait dans sa profusion de fleurs ; un chant de merle
s'éleva joyeux du taillis voisin : tout disait la joie, la joie de
vivre au grand soleil.....

Le baron d'Espy fit quelques pas encore..... A ses oreilles
retentissait toujours le cri affreux, le cri unique qui l'avait
bouleversé jusqu'au fond des entrailles..... Le sol était semé de
pétales que les doigts insouciants de Jean avaient arrachés au
passage..... Le pauvre père suivit ces traces.....

Enfin il aperçut, terreur! sur la gauche du chemin, une
ouverture dans la haie jusque-là très épaisse..... petit passage..... tout étroit..... Si Jean?

Un frisson le secoua..... D'un côté et de l'autre de la haie,
quelques brindilles de bois formant barrière pendaient, bri-
sées, expliquant suffisamment que ce faible rempart avait dû
céder sous la pression d'un poids..... Çà et là, quelques lise-
rons détachés traînaient.....

Le baron jeta un hurlement atroce ; puis, se précipitant à genoux, il passa la tête au travers des ronces écartées..... Il se déchira le front, les paupières, mais il ne sentait rien, rien que l'angoisse qui tenaillait son cœur.....

D'un mouvement prompt, il essuya le sang qui coulait dans ses yeux, l'aveuglant de sa buée pourpre, et, se penchant, il vit......

Il vit, à quelques mètres de lui, sur un lit de cailloux, dans une vieille carrière abandonnée, le corps inerte du petit.....

Alors, comme un fauve blessé, il bondit à travers les épines ; s'aidant des mains, des ongles que brisait l'aspérité du roc, il descendit ; ses genoux, sa tête heurtaient aux pierres, qu'importe!.....

En quelques instants, il fut auprès de son fils..... L'enfant avait les yeux ouverts, tout grands, dans une expression de terreur atroce.

— C'est papa, mon petit!.....

Mais le petit ne bougea pas..... un râle monta de sa gorge contractée, et, fou de désespoir, le baron le prit dans ses bras et se mit à cheminer dans le ravin avec son cher fardeau.....

Tout en marchant, il parlait au petit être ; il lui disait les mots les plus tendres qu'il eût jamais employés pour lui..... il lui demandait pardon, il baisait en pleurant les jolies boucles brunes qui venaient parfois — effet du vent — effleurer sa bouche.....

Mais le blessé ne répondait point à ces douces caresses ; la même plainte lente montait toujours, soulevant la poitrine.....

Il fallait se hâter..... L'habitation la plus proche était Château-Neuf..... Peut-être là trouverait-on un remède ; on courrait appeler le médecin ; il arrêterait ce sang, ce sang intarissable!..... Oh! arriver!..... arriver!.....

M. d'Espy ne se demandait point comment il annoncerait à la mère cet épouvantable accident ; il ne pensait même point à la baronne..... Sur la terre, à cette heure, son fils et lui seuls existaient : son fils, mourant par sa faute ; lui, dont le cœur agonisait!

Enfin, les tours du vieux château se profilèrent, M. d'Espy pressa le pas..... Il traversa le parc sans rien voir...... Comme un insensé, il pénétra au salon, et, sur les genoux de sa femme qui travaillait, il vint déposer le petit corps sanglant.

Alors, ce fut une scène indescriptible : domestiques ameutés par les cris de tigresse que poussait Mme d'Espy, ordres donnés en hâte, piaffement des chevaux jetés à la recherche du docteur, sanglots du père, lugubre râle de l'enfant!.....

M. d'Espy s'était terré dans un coin, assez proche de l'enfant pour voir sur les bras maternels sa forme gracile, assez loin, cependant, pour ne point rencontrer le reproche inconscient de ces yeux grands ouverts.....

La mère semblait, elle aussi, avoir oublié tout le monde.....

Penchée sur son enfant, elle épiait chaque contraction de ce pauvre visage, elle essuyait le sang qui continuait à couler malgré les bandelettes, elle baisait la face pâle.....

Peu à peu, le râle diminua, les yeux fixes se vitrèrent ; avant que le docteur fût arrivé, l'âme blanche de Jean s'était envolée.....

Lorsque le petit corps devint immobile, lorsque la bouche crispée se détendit pour le grand repos, la baronne poussa un cri atroce..... Elle déposa l'enfant sur le lit, et, tombant à genoux devant la couche funèbre improvisée, elle se mit à hurler comme hurlent les fauves du désert quand le fusil du chasseur a tué leurs petits. On la crut folle..... Elle ne voyait rien, ne voulait plus rien écouter..... Mais quand M. d'Espy voulut s'approcher aussi de la petite dépouille, baiser une dernière fois le front glacé de son fils, elle bondit vers lui, menaçante..... Une main étendue sur le cadavre, l'autre montrant la porte, elle s'écria :

— Eloignez-vous!.....

Lui, très humble, fit quelques pas encore, mais sa femme le foudroya du regard :

— Allez-vous-en! ordonna-t-elle ; n'approchez pas! je vous chasse! Ne revenez jamais!..... jamais!.....

Le pauvre homme jeta un dernier regard sur le lit où reposait l'enfant mort ; puis, le front courbé, le dos voûté, les yeux rougis par les larmes de sang qui brûlaient ses paupières, il s'achemina vers la porte.....

Avant de disparaître, il se détourna, embrassa encore dans un regard d'agonie la chambre mortuaire ; puis, comme un coupable, il s'éloigna de cette maison où jamais il n'avait été heureux, de cette maison qui, par la mort de son fils, lui devenait intolérable.....

Ces souvenirs harcelaient l'esprit frappé de la baronne ; elle avait revécu en un instant tout le passé sans qu'un peu de pitié lui vînt à la pensée de celui qu'elle avait impitoyablement banni de son toit.....

Au contraire, ce brusque retour aux visions d'antan avait exaspéré, envenimé sa vengeance, sa souffrance que n'avait point adoucie la religion.....

La pauvre femme était haletante dans son fauteuil ; de grosses larmes coulaient sur son visage.... Marguerite comprenait que la baronne, élevée hors des lumières de la religion, ne savait point chercher les consolations véritables là seulement où elles se trouvent.... L'orpheline se souvint d'avoir dit à l'abbé Clément : « Peut-être la ramènerai-je ? » Et, doucement, posant avec timidité ses doigts sur le bras de Mme d'Espy :

— Je prierai pour vous de tout mon cœur, murmura-t-elle.

L'accent était si compatissant, si sincère, que la baronne leva les yeux.... Presque aussitôt, un rictus amer crispa sa bouche, et, vivement, elle répondit :

— Vous priez ? vous ?.... Moi, je n'ai jamais été dévote ; mais du jour où j'ai souffert, je n'ai plus joint les mains.....

— Plus on souffre, rectifia Marguerite, plus on a besoin de Dieu.

Mme d'Espy regarda Mlle Amadour avec un étonnement non dissimulé ; puis, sans colère, mais avec une incrédulité complète, elle reprit :

— Vous ne savez point ce que vous dites ; vous n'avez pas perdu d'enfant.....

Mlle Amadour frissonna, une angoisse irraisonnée la saisit, et sa pensée se porta tout de suite, très maternelle et très tendre, vers sa petite Ange si frêle, si délicate ; une douleur affreuse l'étreignit au cœur à l'idée qu'elle pourrait perdre cette créature aimée et souffrir tout ce que la baronne avait souffert, car sa petite sœur était véritablement son enfant. Elle comprit combien plus que jamais elle aurait besoin de Dieu si un malheur semblable venait à elle, et la voix plus vibrante, plus convaincue, elle répondit :

— Le bon Dieu est tout près de nous, à l'heure de l'épreuve ; il n'attend qu'un appel, qu'un cri de notre âme vers lui, pour se pencher vers nous et venir à notre aide!.....

— Il ne m'aurait point rendu mon fils!.....

— Non. Il ne vous l'aurait pas rendu, mais il aurait versé sur vous un baume qui aurait adouci votre blessure..... Il vous aurait peut-être fait l'aimer davantage dans l'épreuve, parce que vous l'auriez senti plus nécessaire à votre âme..... Et plus tard, peu à peu, vous auriez compris que votre bien-aimé est un ange là-haut, un ange qui vous voit, qui prie pour vous, qui vit encore de votre vie.....

Mme d'Espy fermait à demi les paupières..... Personne, jamais, ne lui avait ainsi parlé ; personne, lors de sa grande souffrance, n'avait évoqué si douce l'image de Dieu..... La porte mystérieuse de l'âme close s'entr'ouvrait..... Marguerite s'en aperçut, et continua presque avec tendresse :

— D'ailleurs, Dieu ne nous reprend pas pour toujours ceux qu'il appelle..... Nous les retrouverons, nous les aimerons plus qu'ici-bas..... Ils nous attendent au ciel, voilà tout!.....

Le visage austère de la baronne s'éclaira d'une lueur que n'y avait point encore vue Marguerite..... Quoi! son petit bien-aimé était un ange, un bel ange aux ailes tissues d'or?..... Il pouvait être heureux, l'attendre..... elle pourrait le revoir?..... Jamais une espérance semblable n'avait lui à ses yeux..... Jamais elle n'avait cru.....

— Mais, puisque vous le dites si bon, votre Dieu, pourquoi fait-il souffrir ainsi les hommes? Pourquoi les éprouve-t-il dans leurs plus chères affections..... Pourquoi fait-il pleurer les pauvres mères?

— Savez-vous, reprit doucement Marguerite, si, dans les vues de Dieu, même les plus impénétrables, il n'y a point une infinie miséricorde pour ceux qu'il rappelle? Sait-on quelles douleurs Dieu épargne aux petits êtres morts dès le berceau?..... Qu'aurait-il souffert, votre chérubin, s'il était parvenu à l'âge d'homme?..... Maintenant, et depuis un demi-siècle, il est heureux d'un bonheur sans limites..... Heureux près de Dieu et près de vous aussi, puisque les âmes ne connaissent point les distances.....

Marguerite ne s'écoutait plus ; entre elle et la baronne, pour l'instant, toute barrière semblait levée ; elle parlait, mue par une force victorieuse de sa réserve habituelle ; inspirée par Dieu, transportée par un zèle d'apôtre qui la prenait tout entière, elle dit encore :

— Ils sont témoins de nos luttes, de nos souffrances ; ils prient ardemment pour nous, et c'est bien consolant de songer à cette communion des âmes, permise par Dieu..... Je sais, je suis *sûre* que mes chers disparus me suivent partout dans mes voies ; ils me soutiennent, ils m'aident, et c'est si doux de penser qu'ils me sont un secours, qu'ils implorent Dieu pour moi !

Mme d'Espy semblait savourer la consolante doctrine. Mlle Amadour se tut, et toute la matinée s'acheva en silence.

Marguerite s'occupa sans bruit dans la pièce, ne voulant point troubler la salutaire méditation..... Quand l'heure fut venue de redescendre à la *Maisonnette*, elle se leva sans un mot..... Mme d'Espy alors redressa la tête, et Mlle Amadour surprit sur son visage un calme inaccoutumé, une lumière qui mettait un peu de douceur dans cette figure d'ordinaire si rigide :

— Vous partez déjà ?

Le regard surpris de la baronne se dirigea vers la pendule :

— Midi passé ! vous êtes même en retard !..... Hâtez-vous, vos sœurs vont vous attendre !

C'était la première fois que Mme d'Espy pensait à quelqu'un d'autre qu'à elle ; Marguerite en fut touchée ; elle mit son chapeau, et, avant de s'éloigner, elle s'approcha de la vieille dame en murmurant :

— Ce soir, à l'église, je ne vous oublierai pas.....

La châtelaine eut un instant d'hésitation ; puis, tendant la main à sa demoiselle de compagnie, elle balbutia :

— Merci !

Lorsqu'elle quitta le vieux manoir, Marguerite éleva vers le ciel un profond regard de reconnaissance, et, le soir même, la courageuse fille vint frapper à la porte du presbytère, et, le visage radieux, dit à l'abbé Clément :

— Priez bien avec moi, mon bon Curé, la grâce de Dieu descend sur le château !.....

XII

Par la porte entr'ouverte, Marguerite inspecte la route..... Voici l'heure du second courrier, n'y aura-t-il rien encore ?..... Depuis tant de semaines, elle guette ainsi l'arrivée du facteur!..... Et, chaque soir, au courrier qui apporte les lettres de Marseille, la même déception tue le même espoir.

Pourquoi n'écrit-il pas, l'ingrat? Pourquoi, depuis deux mois déjà, aucune nouvelle n'est-elle parvenue à la *Maisonnette*? A-t-il complètement oublié, oiseau vagabond, le doux nid de tendresse où ont grandi ses ailes?

Un cri d'Ypriane fait tressaillir Mlle Amadour :

— Elle est de lui!..... de lui!..... Guite!.....

Marguerite, la paisible, la calme Marguerite, s'élance, un éclair de joie dans les yeux :

— Donne!.....

Déjà Yane est auprès de sa sœur, ayant à la main le pli bienheureux.

— C'est mince! fait-elle avec une moue de contrariété. Pas pour cette fois encore, les détails!.....

Marguerite ne l'écoutait plus ; déchirant vivement l'enveloppe, elle en fit jaillir le maigre feuillet :

MA CHÈRE MARGUERITE,

Pardonne-moi de n'avoir pas répondu plus tôt à tes trois dernières lettres ; j'étais extrêmement occupé. Nous avons voyagé toutes ces semaines dans le Sud-Oranais, où nous avons enfin trouvé quelques hectares de terrain. Nous allons chercher des ouvriers, et je pense qu'on pourra bientôt commencer la culture. Pour le moment, nous surveillons les maçons qui construisent notre villa, une toute petite habitation plus étroite encore que la nôtre, où nous vivrons, Prévolt et moi, et où nous pourrons recevoir quelques amis.

Je ne te demande pas s'il y a quelque chose de nouveau à la *Maisonnette*, car je sais que la vie s'y écoule uniforme, sans imprévu.....
Impossible de répondre aujourd'hui à Yane et à Ange..... ce sera pour la prochaine fois..... .
Je vous embrasse bien fort toutes.

JACQUES.

Et c'était tout! pas un mot de regret pour la tendresse absente qui l'avait si longtemps réchauffé et qui lui envoyait encore, jusque dans l'exil, ses douces paroles. Pas de détails non plus sur les démarches de tous ces premiers mois, sur la réussite espérée, sur.....

Et ce silence inquiétait Marguerite..... Si le résultat eût été en voie d'être bon, Jacques s'en fût glorifié..... Au lieu de cela, quelques mots à peine : « Nous allons chercher les ouvriers et je pense qu'on pourra bientôt commencer la culture. »

Marguerite songeait à tout le préjudice que pouvait causer à Jacques cette vie exotique, forcément inactive et molle, dans la société d'amis plus ou moins sérieux..... N'était-il point perdu pour toujours, ce petit frère? Viendrait-il crier au secours, vers la mère adoptive, prête à lui pardonner, à soutenir ses premiers pas dans la route du travail et du vrai devoir, s'il voulait s'y engager?

Ange et Ypriane, debout à quelque distance de Marguerite, n'osaient troubler la douloureuse méditation dans laquelle la pauvre fille était plongée. Silencieuses, toutes deux, elles voyaient les rides se creuser plus profondes sur le front blanc de la grande ; elles devinaient un peu de lassitude dans le regard distrait que Mlle Amadour laissait errer sur le petit salon tranquille. Yane la première parla :

— Tu ne nous dis rien, Guite?..... Jacques ne t'annonce-t-il pas quelque chose de nouveau? N'a-t-il point glissé quelques lignes pour Ange et pour moi qui lui avions écrit si longuement le mois dernier?

Marguerite, simplement, sans répondre, tendit la lettre aux jeunes filles qui s'en saisirent avidement. Mais, ayant lu les deux pages très laconiques de Jacques, elles eurent le même geste découragé que leur sœur :

— C'est si court!

Ypriane, plus rancunière, plus vite dépitée qu'Ange, se tourna brusquement vers la fenêtre du Midi, et, son poing dans la direction du pays où son frère vivait tranquillement au soleil, elle s'écria :

— Oublieux!..... méchant!..... tiens!.....

La menace enfantine se perdit dans un rire perlé ; puis, vive comme une fée, Yane s'en alla soulever, en chantonnant, la mousseline du rideau :

— Voilà! cria-t-elle, je suis punie ; je grondais Jacques, et c'est Albane qui reçoit ma semonce!

Ypriane ouvrit la fenêtre, et bientôt, dans la baie fleurie, la tête fine de Mlle Pradières s'encadra :

— Bonjour!.....

— Bonjour! bonjour! je viens à l'assaut de la *Maisonnette!* Vous riez? Vous ne me craignez pas, car je n'ai point un gros fusil en bandoulière..... mais attendez! J'ai fait dans mon cœur une ample provision de tendresse et je sais bien que je serai victorieuse de vous!

Elle dit cela si gentiment que le front de Marguerite se dérida .

— Entre, petite espiègle!.....

L'espiègle entra et vint cueillir des baisers sur les joues des trois sœurs.

— Assieds-toi, mignonne!.....

Elle s'assit..... Une teinte rose avait couru sous sa peau transparente, car, sur la table, elle venait d'apercevoir la lettre encore ouverte de Jacques.

Son trouble fut court. Très enjouée, elle s'installa commodément sur le petit tabouret placé aux pieds de Marguerite, et commença :

— Voilà!..... Je veux vous enlever toutes trois! Maman l'a permis, maman le veut!..... Ah! mais pas tout de suite, impatiente! reprit-elle en voyant Ypriane se lever déjà..... Pour l'instant, je ne veux qu'un consentement, mais un vrai consentement en bonne et due forme!.....

— De quoi s'agit-il, petite fée? demanda Marguerite en souriant.....

— Tante Guite!..... laissez-moi vous appeler ainsi..... ce petit nom vous amadoue toujours!..... Tante Guite, nous allons donner une petite fête, le mois prochain ; il *faut* que vous y preniez part, toutes!.....

Au mot de fête, les yeux d'Ypriane avaient brillé ; Albane s'en aperçut :

— Ce sera très simple, mais très gai, j'espère, continuat-elle ; nous organiserons tout dans le jardin de la *Villa Blanche*. On commencera par un *rally-paper* après lequel on goûtera sur l'herbe..... Pour clôturer le tout, il y aura une sauterie sur la pelouse!..... Tout se passera sans cérémonie, dans l'intimité, presque..... Nous voulons avant tout que mes invités s'amusent. Vous viendrez, tante Guite?

— Oh! ma pauvre chérie, c'est impossible! Que veux-tu bien que les trois recluses de la *Maisonnette* s'en aillent faire parmi les « mondains » d'Hirson?.....

— Oh! les mondains!..... Vous les connaissez tous!..... Il y aura les Guescal, les Chargeois, les Misanay, les Precy, des Van-

court, les Barvols, les Vignal, les.... C'est tout, ou presque.....
Nos invitations ne sont pas tout à fait terminées, mais je ne
vois pas qui..... Allons! avouez que ce n'est pas bien terro-
risant!

— Mignonne, tu sais bien que nous avons cessé presque
toutes nos relations avec ces gens-là.....

— Vous les reprendrez.....

— C'est cela! comme tu arranges vite les choses!..... Mais,
ma petite Albane, sais-tu que notre vie active nous retire forcément du monde...... Et puis, vraiment, nous n'avons point
de toilettes convenables...... A toi, je puis donner cette raison
d'ordre intime que tu rediras à ta mère..... en la remerciant
pour nous et en lui transmettant nos regrets.....

— Mais c'est que je ne m'avoue pas vaincue, tante Guite,
supplia la câline en enlaçant de ses deux bras Mlle Amadour.
Je suis bien sûre que, là-haut, dans la chambre aux armoires,
vous avez des trésors insoupçonnés! Allons voir, voulez-vous?
Si nous trouvons de quoi vous habiller toutes trois, vous direz
oui! pas..... petite tante?.....

Marguerite hésita..... Devait-elle sortir de cette retraite où
elle vivait depuis la mort de sa mère, de cette retraite voulue
par sa pauvreté?..... Elle porta les yeux sur Ypriane et Ange
qui, silencieuses, affectaient de regarder au dehors avec indifférence.....

Elle comprit leur désir à toutes deux, leur désir que les
pauvres petites n'osaient exprimer, et sa résolution fut prise.

Non, il ne fallait pas leur refuser cette joie ; elles en avaient
si peu, dans leur vie sérieuse..... Une fois encore la sœur aînée
s'oublierait..... En regardant ses filles d'adoption, Marguerite
eut un sourire, et se déridant :

— Qu'en dis-tu, Ya?

Ypriane bondit vers elle, et lui jetant les bras autour du
cou :

— Oh! Guite! Guite! je serais si contente!.....

— Alors, si vous trouvez de quoi nous habiller là-haut.....

— Nous irons?.....

— Nous irons!

Mlle Amadour faillit être étouffée par la pluie de baisers
qui tomba sur elle, puis les trois petites amies s'élancèrent

dans l'escalier étroit pour inventorier sans retard les richesses de la *Maisonnette*.....

Marguerite les regarda s'envoler, semblables à des oiseaux joyeux ; et tandis que ses yeux demeuraient attachés sur la porte du salon, elle murmura dans une prière ardente :

— Mon Dieu! faites-les très heureuses, toujours..... à ma place!.....

Et, tout en travaillant, elle continua d'écouter, attentive, les exclamations des enfants et les pas de danse exécutés là-haut.

. . . .

Elles trouvaient merveilles, les petites, dans les vastes armoires parfumées aux fleurs de lavande. Pour Marguerite, d'abord, on avait beaucoup discuté ; la grande sœur avait déclaré vouloir quelque chose de « peu voyant », et heureusement on venait de trouver, dans le coffre à naphtaline, un suffisant métrage de popeline grise, épave de la très simple corbeille de Mme Amadour :

— Guite sera superbe ainsi! Nous garnirons sa robe de dentelles blanches ou de velours..... Vois combien ce tissu a de beaux reflets argentés!.....

Et Ypriane faisait chatoyer sur elle la popeline avec une joie d'enfant!.....

— Vite! Tante Guite est pourvue! s'écria gaiement Albane. A vous, maintenant!

Elles se remirent à fouiller, dérangeant tout ce qu'avaient empilé les mains patientes de Marguerite.....

— Mousseline blanche! brodée!..... à pois!..... unie!..... en voilà pour vêtir tout un régiment de petites filles coquettes, s'écria Mlle Amadour en entrant les bras encombrés de vieilles robes d'autrefois, comme en portaient nos jolies grand'mères jusqu'à l'âge des cheveux blancs..... Voilà pour Ya, voilà pour Angel..... Oh! les petits démons!..... Quel ouvrage ils ont fait!..... Mes pauvres armoires, mes caisses!..... Sauvez-vous d'ici, monstres d'enfants!..... Allez vous partager ces robes blanches en bas ; laissez-moi réparer vos sottises.

Mais Ypriane avait grimpé sur un petit escabeau proche de Marguerite, et, sans attendre l'acquiescement de son aînée, elle se mit à la draper dans l'étoffe aux reflets d'argent.....

Marguerite ne bougeait pas, amusée, et, quand ce fut fini, on l'entraîna devant le miroir de la chambre voisine.....

Derrière elle, sur son épaule, émergeait la tête rieuse de Ya, et c'était joli de les voir ainsi, penchées l'une sur l'autre, fleur d'automne et fleur de printemps, se ressemblant si bien, malgré tous les hivers qui avaient séparé leurs deux floraisons.....

— Parfait! tu as un goût! Yane ; je serai magnifique ainsi, bien trop belle!.....

— Tu n'es jamais trop belle, petite maman, murmura Ange en se glissant, câline, entre les bras que Marguerite étendait pour repousser la glace..... A te voir ainsi, je suis heureuse ; il me semble que nous sommes devenues riches subitement et que tu n'es plus obligée de monter, chaque jour, à Château-Neuf!.....

Château-Neuf! Marguerite sourit. Sa tâche là-haut était devenue moins pénible ; depuis le jour des confidences, une demi-intimité s'était établie entre la baronne et sa lectrice.....: Il y avait bien encore des heurts, des froissements, des dédains de la part de Mme d'Espy ; mais il y avait aussi un certain respect, une déférence involontaire qui montait jusqu'à Marguerite comme un aveu tacite de sa supériorité.

Car elle était surprise, la châtelaine, de trouver toujours la même ferme douceur dans cette femme qui avait souffert et qui se trouvait aux prises journalières avec la vie.....

Elle savait par M. Brébois que Mlle Amadour appartenait à un milieu distingué..... qu'avant la mort de son père elle avait connu, sinon la richesse, du moins l'aisance..... Et, pour la baronne qui estimait si fort l'argent, c'était une énigme d'en voir supporter la privation sans trop gémir.

Et jamais Marguerite n'avait gémi..... Jamais elle n'avait fait allusion à la vie modeste, à l'existence étroite qu'on devait mener à la *Maisonnette*.

Où donc Mlle Amadour puisait-elle tout ce courage?.....

L'orpheline n'avait-elle pas dit un jour :

— Plus on souffre, plus on a besoin de Dieu.

Alors c'était à Dieu qu'elle recourait pour demander la force, et c'était Dieu qui lui donnait, comme un pain quotidien, cette magnanimité surprenante?.....

Qu'était-il donc, ce Dieu méconnu? Que fallait-il faire pour aller à lui?.....

Ici, Mme d'Espy détournait le cours de ses pensées..... L'effort était trop grand pour elle, et, pour chercher à amoindrir

devant ses propres yeux le mérite et la foi de Mlle Amadour,
elle se disait :

— Ah! je voudrais la voir en face de l'épreuve que j'ai subie,
la voir broyée, anéantie comme je l'ai été moi-même..... la
voir frappée dans sa plus chère affection..... Résisterait-elle?

XIII

Elles sont toutes deux, Ange, Ypriane, gravement occupées
à la basse-cour..... On nomme ainsi, à la *Maisonnette*, un
minuscule enclos où picorent quelques poules, et où vit, sous
un modeste toit, « Besie », la chèvre qui a remplacé Violette.....

Ypriane vient d'avoir une idée..... elle a beaucoup d'idées,
Ypriane!..... elle veut être fermière! fermière de ce mignon
domaine..... soigner tout ce petit monde à plumes et à poils,
et en tirer un revenu..... sérieux, pour augmenter le budget
de la *Maisonnette*.

— Car, vois-tu, Ange, cela pourra nous rapporter beaucoup..... Josa a trop à faire dans la maison..... elle néglige forcément le « bétail »..... Avant qu'elle ait tout lessivé — on ne
prend plus de laveuses, comme autrefois, — raccommodé,
bêché, jardiné — les journées supplémentaires se font plus
rares, — il n'y a plus de temps pour le « reste ». C'est ce reste-
là que nous allons adopter, veux-tu?

— Certainement, répond Ange, moins enthousiaste..... certainement..... Mais saurons-nous?.....

— Baste!..... Nous apprendrons!..... Tiens, regarde cette
jolie couvée de poulets!..... D'ici quinze jours ils seront su-
perbes, si nous nous en occupons!..... Nous les vendrons, et
peut-être pourrons-nous bientôt acheter une autre chèvre
pour.....

— Attention, Perrette!..... Gare à l'histoire du pot au lait!

— Mais non! mais non..... Ce n'est pas la même chose! Ne
ralentis pas mon zèle! Marguerite sera si heureuse de me voir
travailler!..... Et puis, j'ai vraiment des goûts champêtres,
maintenant!..... Cela m'ennuie de toujours coudre, coudre!.....
D'ailleurs, tu suffis amplement à la besogne que nous donne
l'abbé Clément pour la sacristie..... Tout est en ordre, il n'y a
plus qu'à entretenir le linge et à le remplacer au fur et à

mesure..... Moi! je veux trouver autre chose! j'ai besoin de vivre au soleil, il me faut l'exercice, le grand air, l'espace!.....

— Alors, deviens fermière! Tu seras la fée de la basse-cour, et moi, toujours la petite fée de l'aiguille.....

— Je voudrais gagner..... gagner! continua Ypriane sans s'inquiéter des interruptions de sa sœur..... Tiens! commençons!.....

Elle s'élança, vive comme un écureuil, vers le coffre où l'on enfermait le grain de la gent volatile, et, remplissant de maïs son joli tablier clair, elle se mit, gracieuse, à jeter sa provende sur le sol de la basse-cour ; bientôt elle fut entourée de la couvée tout entière, mère poule et jeunes poulets, avides de participer au don de bienvenue de leur nouvelle maîtresse.....

Ce jeu amusait si fort Ypriane que, oubliant toutes les lois de l'économie, elle continua à ensemencer la cour, à la grande joie des petits poussins.....

Ange s'était assise à quelques pas, et, de sa main, distraitement, elle caressait la tête cornue de Besie ; les deux petites sœurs étaient si occupées, l'une et l'autre, qu'elles n'entendirent point venir Marguerite..... Mlle Amadour s'arrêta, amusée par le zèle nouveau d'Ypriane ; elle considéra la jeune fille pendant quelques moments, avec un sourire aux lèvres ; puis, s'accoudant à la haie qui fermait mal la basse-cour, elle appela :

— Yane!..... écoute! une bonne nouvelle pour toi!..... Une leçon qui.....

Ypriane, d'un bond, fut auprès de Marguerite..... L'abaissement de son tablier éparpilla d'un seul coup la provision de maïs. Puis, avec sa vivacité habituelle, la jeune fille, oubliant déjà ses projets d'élevage, se suspendit au bras de sa grande sœur qu'elle entraîna, en disant :

— Une leçon!..... pour moi?..... Parle, parle vite!.....

. . . .

Un clair matin de mai.

Le printemps fleurit d'aubépines blanches tous les buissons, tous les taillis.....

Dans le chemin qui serpente au bord de la Creuse, Ypriane trottine à quelques pas en avant de Marguerite..... L'enfant s'en va, joyeuse, au labeur quotidien, toute au plaisir de marcher dans la fraîcheur de ce jour qui se lève, semblant oublier, pauvre petit papillon, que, tout à l'heure, il lui faudra prendre un front sévère et des yeux graves pour diriger la classe de bambines qu'on lui a confiée à Saint-Maur, en remplacement d'une religieuse malade.....

Marguerite, avant de monter au Château-Neuf, conduit chaque matin sa jeune sœur jusqu'à l'entrée d'Hirson-sur-Creuse.

Mlle Amadour suit du regard Ypriane qui s'ébat, gracieuse comme un colibri..... Elle est délicieuse à voir, la petite cadette, toute baignée par la clarté rose du Levant qui pénètre sans obstacle dans le sous-bois à peine encore feuillé.

Ypriane chante..... Elle va d'une fleur à l'autre, les bras déjà remplis de fagots d'herbes folles ; elle voudrait toutes les cueillir, et cependant il lui faudra jeter sa moisson dès qu'on apercevra les premiers toits de la ville ;

— Regarde cette mousse!..... regarde ces muguets! regarde!

— Ah! c'est beau, la vie! c'est gai, le printemps!..... Je suis heureuse!.....

Marguerite sourit, heureuse aussi de ce jeune bonheur ; tout bas, elle demande à Dieu de ne point trop décevoir la confiance de ce cœur plein de foi en l'avenir..... Elle offre mentalement ses épaules pour recevoir de nouveaux fardeaux, si ce qu'elle supportera peut épargner une désillusion à cette petite sœur si tendrement aimée.....

— C'est joli!..... joli! reprend en chantonnant la voix harmonieuse d'Ypriane.....

Sa marche s'est ralentie, car, pour l'instant, si les fardeaux ne chargent point son âme et son cœur, ses bras, ses épaules sont encombrés de véritables fagots fleuris..... La figure de la jeune fille émerge de la moisson odorante.

Mais voilà que le chant de joie s'est arrêté sur les lèvres de la jeune fille..... Les deux sœurs ne sont point seules dans le chemin ; sous le dôme entr'ouvert des arbres, quelqu'un s'avance..... Marguerite vient de reconnaître la silhouette de celui qu'elle avait si souvent rencontré là, jadis.....

Ypriane, confuse, s'est arrêtée brusquement, une lueur indécise dans ses prunelles très limpides..... Le promeneur, lui aussi, hésite, et son regard, un regard ému, enveloppe l'apparition radieuse.

Rêve-t-il?..... Le temps n'a-t-il point marché?..... Celle qu'il aimait huit ans plus tôt revient-elle, semblable, rajeunie même, pour le rencontrer sur ce chemin où ils se sont connus?

Un nom monte à sa bouche :

— Marguerite!.....

Mais, ce nom, il ne le prononce pas ; il n'ose parler, il craint de rompre le charme et de faire fuir à tout jamais la chère vision.....

Oui, c'est bien Marguerite! Ces cheveux bruns, ces grands yeux! Même taille, et presque même vêtement, une claire toilette de printemps, semblable à celle que Mlle Amadour portait le jour où.....

Oui, c'est elle, et pourtant, dans ces yeux qui le regardent, surpris, il y a une gaieté, une vivacité que n'avaient point les yeux de Marguerite ; autrefois, dans les larges prunelles, il y avait une gravité douce, une expression sérieuse et tendre, très différente de cet éclair mutin qui brille sous les cils de la promeneuse.

Le regard de l'officier, par-dessus la silhouette d'Ypriane, est allé effleurer la silhouette de Marguerite, pour revenir aussitôt, captivé, vers cette créature de jeunesse et de grâce.....

Tout ceci n'a duré qu'un instant ; mais Marguerite a tressailli sous le regard indifférent qui s'est posé sur elle..... Pierre ne l'a point reconnue!..... Mon Dieu! a-t-elle ainsi changé?..... Dans le souvenir de M. de Valboy, son image est restée telle que jadis ; Pierre n'a point supposé que l'élue de son amour ait pu vieillir, puisque dans son cœur elle est restée toujours jeune..... Ou bien a-t-il oublié tout à fait?.....

Le sentier est étroit ; comme huit ans plus tôt, l'officier s'écarte sur la droite et, se découvrant, il murmure presque malgré lui :

— Veuillez m'excuser, Mademoiselle, je m'attendais si peu à vous retrouver là!

Et voyant la surprise peinte sur le visage d'Ypriane, il questionne vivement :

— C'est bien à Mademoiselle Amadour que j'ai l'honneur de.....

— Oui! mais c'est peut-être Marguerite qui vous connaît, Monsieur, répond Yane ; moi, je.....

Marguerite! l'autre?..... Alors?..... Oh! triple fou! pourquoi donc avoir cédé si vite à cette hallucination?

Le regard de Pierre, cette fois, s'arrête longuement sur le

visage de Marguerite. Comme elle a changé!.... Marguerite, cette femme à cheveux tout gris? Marguerite? Oh!.....

Et la désillusion, la surprise est si douloureuse que Mlle Amadour s'en aperçoit malgré lui.

— Il ne m'a pas reconnue! pense-t-elle. Et maintenant qu'il sait que c'est moi, il en souffre!..... Ce que c'est que de nous!

Alors, prenant énergiquement son parti, car cette situation devient insoutenable, devant Ypriane surtout qui ouvre démesurément les yeux sans comprendre :

— Vous avez pris Ypriane pour moi, Monsieur de Valboy, dit-elle avec enjouement..... Cela arrive quelquefois à ceux qui ne nous ont vues ni elle ni moi depuis très longtemps ; ma chère petite cadette me ressemble beaucoup.....

— Elle était en avant, je n'ai vu qu'elle tout d'abord, voulut s'excuser Pierre..... Si je vous avais vue plus tôt.....

Mais Mlle Amadour ne le laissa pas achever ; elle reprit gaîment, pour le mettre à l'aise tout à fait et pour se poser aussi dès le premier instant en vieille fille, presque en grand'-mère :

— Vous ne m'auriez pas reconnue davantage, probablement; le bon Dieu m'a coiffée d'une auréole vénérable, comme une aïeule.....

Il protesta, un peu enhardi par la simplicité d'accueil de Marguerite. A les voir causer ainsi, personne au monde n'eût pu soupçonner leur secret.

Après un court moment, Marguerite fit quelques pas dans la direction de la ville, et Pierre comprit qu'il abusait de ses instants. Il s'inclina, très courtois, mais ému, devant Mlles Amadour, et les regarda s'éloigner..... La robe sombre de Marguerite se confondit bientôt avec la terre brune du sentier, mais longtemps la silhouette fine d'Ypriane se détacha, toute baignée par le soleil.

Quand elles eurent disparu, l'officier s'assit sur un tronc d'arbre mort, et, longuement, songea ; une immense mélancolie s'emparait de lui :

— Pauvre sainte créature! pauvre Marguerite! Ne l'avoir point reconnue!..... Je l'ai peinée..... Fou que je suis! elle a dû croire que je l'avais oubliée!.....

Oubliée?..... Non!..... Pierre n'avait point oublié Marguerite, puisque, dès son retour à Hirson où sa mère très affaiblie l'avait rappelé, son premier soin était de revoir le lieu où il avait rencontré Mlle Amadour pour la première fois.

De cet amour, vieux de huit ans, il subsistait un sentiment très doux, une sorte de vénération comme on en éprouve pour des reliques saintes ; c'est pourquoi, à chaque sollicitation de sa famille, M. de Valboy avait répondu :

— Je ne veux point me marier !

Il ne s'était point marié, en effet, et plus que jamais sa carrière de soldat avait pris toutes ses énergies, tout son cœur ; dans sa garnison de Tarbes, il était adoré, parce qu'il était bon autant qu'il savait être juste et ferme.

Ferme?..... Il ne l'était plus à cette heure, pauvre Pierre, assis tristement sur le vieux tronc qui barrait à demi le sentier. La poésie de ce matin de printemps faisait un contraste si douloureux avec sa pauvre vie qui approchait de l'automne sans que jamais la floraison du bonheur l'eût égayée !.....

Pourquoi donc était-il revenu? Là-bas, à Tarbes, il oubliait ; dans l'activité de son service, il oubliait un peu qu'il avait désiré autre chose..... Mais ici, dans ce petit chemin peuplé de souvenirs, il retrouvait tout vivant le doux rêve qu'il avait un instant abrité dans son cœur.

Sous l'effort de sa pensée, sous le flot de tristesse prêt à l'envahir, il succomba un moment ; ses paupières s'alourdirent, sa tête en feu retomba inerte entre ses mains, il sommeilla fiévreusement.

Alors, tout se confondit dans sa pensée somnolente ; il revit le petit chemin d'il y a huit ans et le petit chemin d'aujourd'hui..... Il revit Marguerite le parcourant, il revit Ypriane..... mais Ypriane était Marguerite et Marguerite était Ypriane aussi..... Il revit le soleil..... mais, jadis, l'apparition était environnée des teintes pourprés du Couchant, tandis que ce matin elle était inondée des lueurs douces et radieuses de l'aurore.....

— Jadis, les feuilles commençaient à jaunir, à tomber des arbres ; aujourd'hui, c'était un renouveau joyeux : les branches se couvraient de nids et de bourgeons..... Autrefois, la vision s'en allait grave, sérieuse, vers la *Maisonnette*, où l'attendaient les « petites » ; ce matin, elle voltigeait, enfantine, les bras chargés de fleurs, et s'éloignant de la *Maisonnette*, elle allait vers Hirson..... Autrefois, elle semblait porter un fardeau qui rendait plus graves ses vingt-neuf ans...... Aujourd'hui, elle rayonnait de jeunesse, d'insouciance et de bonheur...... Ses yeux avaient pris une expression rieuse et mutine...... Laquelle préférait-il, de la Marguerite nouvelle ou de la Marguerite des jours anciens?.....

Un pâtre passa dans le bois en chantant une ballade...... Pierre tressaillit, réveillé soudain...... Il regarda, surpris, et revit autour de lui le cadre familier dont son cœur gardait la mémoire...... La Creuse coulait à ses pieds avec un gazouillis joyeux...... Les petits oiseaux chantaient dans les jeunes arbres, les violettes émaillaient l'herbe fine du bois...... Et sur le sol, à quelques pas de lui, M. de Valboy aperçut une poignée de muguets qu'avait laissé choir Ypriane...... Il soupira et reprit lentement le chemin d'Hirson.

. . . .

Sur l'autre flanc de la colline, Marguerite avait pris la route de Château-Neuf..... Elle venait de laisser Ypriane à quelques pas de Saint-Maur, et maintenant elle montait, pensive, la côte abrupte qui conduisait au vieux château.

Très énergique, Mlle Amadour cherchait à occuper son esprit de tout ce qui frappait ses regards : paysans se rendant au travail, vol de ramiers dans le lointain, nuages amoncelés vers l'horizon, rayons de soleil dansant sur la poussière de la route.

Malgré elle, sa rencontre avec Pierre l'avait rejetée en plein passé..... Sans rien espérer de l'avenir, elle avait trouvé cruel de revoir M. de Valboy..... cruel surtout de n'avoir point été reconnue.....

Elle montait à Château-Neuf, le front baissé vers le sol, comme pour chercher à apercevoir, par delà les sapins semés sur la colline, le toit de la *Maisonnette*, cette chère petite demeure où elle retrouvait toujours la force nécessaire pour supporter vaillamment ses fardeaux.

Pourtant, ce matin-là, Marguerite trouvait le chemin plus long que de coutume; elle s'en voulait de ce retour involontaire sur elle-même et réagissait avec tout son courage contre la tristesse qui l'envahissait..... D'un geste las, elle passait et repassait ses doigts sur les mèches grises que faisait voltiger le vent autour de son front.

Tout à l'heure, heureusement, elle n'aura plus le loisir de

songer à elle ; Mme d'Espy devient plus occupante que jamais. Les rhumatismes de la vieille dame ont augmenté, la privant de plus en plus de l'usage de ses membres, et Marguerite doit se déranger à chaque instant :

— Mademoiselle, du bois au feu!

— Mademoiselle, ma chaufferette s'éteint.....

— Mademoiselle, ma couverture tombe, remontez-la.....

— Mademoiselle, collez donc une bande de papier contre cette fenêtre! il passe un vent!.....

Et Marguerite va, vient, fatiguée, mais heureuse de se sentir utile, indispensable ; elle a compris qu' « à sa manière », la baronne l'a prise en affection, agrée ses services avec le genre de reconnaissance qui est à sa portée, c'est-à-dire sans trop de hauteur, et quelquefois avec un merci.....

Si, par hasard, retenue par un devoir impérieux, Marguerite arrive au Château-Neuf quelques minutes après que 7 heures ont sonné à la grande horloge du vestibule, la vieille dame ne se fâche plus ; elle jette seulement un regard navré sur la grande aiguille de sa pendule, comme pour la prendre à témoin du retard de Mlle Amadour, et répond avec réserve au salut respectueux qui lui est adressé..... C'est déjà un progrès, un grand! C'est un miracle du petit Jean, car c'est par l'enfant que Marguerite a touché le cœur endurci de la mère.....

Ce matin, l'heure est passée depuis quinze minutes déjà lorsque Marguerite fait son apparition.

Les yeux de Mme d'Espy s'arrêtent longuement sur la pendule, puis se reportent sur le visage de Marguerite :

— Tiens! qu'avez-vous?

Mlle Amadour jette alors un regard en face d'elle, et le miroir lui renvoie son image pâlie, bouleversée.

— Ce n'est rien, répond-elle avec un sourire, tandis qu'elle enlève prestement son chapeau et fait gonfler ses cheveux gris..... rien du tout, un malaise..... Ma course matinale m'a un peu fatiguée..... Me voici bien! Voulez-vous votre chocolat?

Sans attendre la réponse, elle alla chercher le petit réchaud sur lequel elle faisait cuire chaque matin le déjeuner de la baronne.

— C'est cela! préparez mon chocolat, ensuite vous m'aiderez à passer ma robe de chambre ; il faut que je me lève.....

Je m'ennuie dans mon lit ; depuis quatre heures je ne dors pas..... Figurez-vous.....

Elle avait oublié déjà la fatigue de Marguerite pour ne plus songer qu'à elle..... Avec un grand luxe de détails, elle racontait son insomnie, ses cauchemars, ses rêves.....

Mlle Amadour écoutait, répondant avec à-propos aux récriminations, aux plaintes de la baronne..... Jamais elle n'avait été plus douce, plus attentive que ce matin, car elle voulait oublier tout ce qu'elle avait pu souffrir pour ne songer qu'à ce que souffraient les autres.

XIV

Ypriane est toute rêveuse..... Accoudée sur l'appui bas de la fenêtre du salon, elle laisse son esprit s'envoler sur les petits nuages roses qui courent dans le ciel bleu.....

Ange est si étonnée de voir sa sœur tranquille depuis longtemps déjà qu'elle s'est installée sans bruit devant la cheminée éteinte afin de ne pas troubler les réflexions sérieuses d'Yane.

Sérieuses? Oui, sans doute, car la jeune fille paraît fort absorbée..... Sous ces apparences calmes, on ne reconnaîtrait plus la vivante, l'exubérante Ypriane.....

Hier a eu lieu la fête de la *Villa-Blanche*, et Mme Pradières a si bien tout organisé que chacun est revenu chez soi ravi.....

A la *Maisonnette*, le retour a été joyeux ; Yane, bavarde comme un petit moineau franc, contait à son aînée les incidents de l'après-midi :

— Je me suis amusée! amusée!! amusée!!!..... Tu ne m'as pas vue?..... J'ai dansé sans arrêt, depuis la première valse jusqu'à la dernière..... tellement, tellement que je ne pourrai pas bouger demain! Heureusement que c'est jeudi! congé! sans quoi j'aurais dormi, sûrement, pendant toute « ma classe ».....*, et mes friponnes d'enfants auraient été bien aises de pouvoir babiller.....

— Et toi, Ange, t'es-tu bien amusée? questionna tendrement Marguerite.....

— Moi, un peu, oui! répondit calmement la fillette.

— Ange a été invitée beaucoup, mais elle a refusé souvent.

— Cela me fatigue..... Cela me fait mal ici..... expliqua la petite en posant la main sur son cœur.

Mlle Amadour considéra longuement sa sœur bien-aimée avec inquiétude, mais ne releva pas sa réflexion ; du reste, Ypriane continuait :

— Moi, je n'ai pas refusé, jamais..... J'ai valsé avec mes-sieurs..... messieurs! j'oublie leurs noms ; il n'y en a qu'un seul dont je me souvienne, c'est le commandant de Valboy..... Il m'a invitée plusieurs fois et nous nous entendions très bien..... Nous nous sommes trouvés tout de suite en pays de connaissance. D'ailleurs, notre originale rencontre sur le che-min d'Hirson n'était pas si lointaine que je l'eusse oubliée, et comme tu l'avais connu autrefois pendant un séjour qu'il fit dans notre ville, l'entrée en matière a été très simplifiée..... Albane l'a entendu dire à sa mère que je te ressemblais!..... J'en suis heureuse, vois-tu! s'écria la jeune fille en attirant à elle Marguerite pour l'embrasser ; heureuse, parce que je t'aime!

Ange avait passé du côté opposé à Ypriane et s'était sus-pendue au bras de Mlle Amadour ; l'enfant semblait vraiment souffrante ; la gaieté d'Yane la fatiguait.

— Nous avons d'abord parlé de choses et d'autres..... Puis, naturellement, Germaine a fait les frais de la conversation..... Oui, tu sais bien! Germaine d'Artignies, la nièce de M. de Valboy ; elle est mon élève à Saint-Maur ; elle m'aime beau-coup, je le sais, mais le commandant me l'a redit ; elle parle très souvent de moi à sa mère.....

Jusque-là, Guite, j'étais un peu fâchée, car M. de Valboy semblait me traiter en petite fille, et c'est « vexant », tu sais, quand on a vingt ans déjà..... Il ne m'a prise tout à fait au sérieux que lorsque nous avons parlé « politique ».

— Politique?.....

— Oui! nous avons les mêmes idées, absolument..... Je lui ai demandé ce qu'il ferait si on lui donnait l'ordre de com-mander l'expulsion d'un couvent.....

— C'était indiscret, Yane.....

— Non, non!..... Il était enchanté d'émettre ses opinions..... Eh bien! il ne « marcherait » pas..... il refuserait d'obéir.....

— Et que lui ferait-on? questionna Ange, intéressée tout à coup.

— Je ne sais..... Il passerait en Conseil de guerre..... Il serait « cassé..... », peut-être même le fusillerait-on.....

— Oh! tu crois?

— Qui sait! on peut s'attendre à tout, avec ce gouverne-
ment!..... Mais c'est beau, ce courage..... ne trouvez-vous pas?
Si j'épousais un militaire, je voudrais qu'il eût les opinions
de M. de Valboy..... Pourquoi Mme Pradières dit-elle que les
officiers bien pensants comme l'oncle de Germaine sont rares
de plus en plus?.....

— Je ne sais pas..... Parce que de nos jours on cherche à
saper tout ce qui est grand et bien, je pense.....

— Si l'on pose les scellés à l'école d'Hirson, j'irai les briser.
On me mettra en prison, mais j'en serai fière!..... Je n'admets
pas qu'on empiète sur le droit des gens et sur le domaine de
ma conscience. Lorsque j'ai dit cela au commandant, il a
souri et a conclu : « Vous êtes l'élève de Mlle Marguerite!.....
on le devine à toutes vos paroles ; vous avez les mêmes idées
qu'elle, les mêmes sentiments!..... »

Mlle Amadour détourna les yeux ; un nuage rosé montait
à ses joues pâles ; elle ne voulait pas que l'on s'en aperçût.....
La nuit, déjà tombée depuis une heure, enveloppait la cam-
pagne..... Ange et Yane, heureusement, ne virent point le
trouble passager de leur sœur..... Le vent s'élevait ; les soirs
de mai sont frais encore ; Ange frissonna..... Mlle Amadour
enveloppa mieux ses sœurs dans les longs manteaux qui recou-
vraient leurs robes blanches..... et la route se continua dans
l'ombre, silencieusement.....

Marguerite, qui n'avait pas dansé pourtant, était lasse,
lasse..... Qu'importait!..... Elle prit sous chacun de ses bras le
bras des deux enfants, et soutint jusqu'au bout leur marche
un peu traînante.....

C'était son remède constant lorsqu'elle souffrait que de s'occuper des autres..... Elle oubliait sa personnalité propre et
finissait par moins souffrir. Or, ce soir, elle avait besoin d'oublier, de s'oublier même, car la journée lui avait été dure.....
Seule, la grande joie de ses petites sœurs l'avait adoucie.....

Mais revenir malgré elle sur le passé, constater que la plaie
ouverte jadis en son cœur n'était point fermée comme elle
l'avait cru..... Se retrouver face à face avec Pierre, lui parler,
se dire que, pendant plusieurs semaines peut-être, il faudrait
le rencontrer ici et là..... chez les Pradières, à l'église..... Tout
cela contribuait à assombrir Marguerite.

Elle se répétait que tout était fini, qu'elle pouvait aborder l'officier comme un ami d'autrefois, avec la simple aisance qu'autorisaient ses cheveux déjà blancs..... Elle comprenait que jamais Pierre n'oserait lui rappeler les rêves de jadis..... Mais elle savait aussi que s'il avait été bon pour Yane, s'il l'avait plusieurs fois invitée, s'il avait causé longuement avec la jeune fille, c'est parce qu'elle était sa sœur..... et surtout sa vivante image.....

Toutes ces pensées la troublaient, car elle ne voulait pas se laisser attendrir; plus que jamais elle aspirait à cuirasser fortement son cœur, à garder pour elle toute seule ses souvenirs douloureux..... Aujourd'hui, comme autrefois, plus qu'autrefois encore, le rêve était impossible..... Impossible parce que « les enfants » avaient besoin de leur mère d'adoption; impossible aussi..... parce qu'elle, Marguerite, était devenue vieille avant l'âge, tandis que Pierre — les hommes souffrent moins, peut-être, — Pierre était resté jeune.....

Quelques fils d'argent sur les tempes, c'était l'unique signe extérieur du passage de la souffrance dans son âme..... A part cela, il était semblable au Pierre d'il y a huit ans : Marguerite l'avait reconnu sans hésitation dans le petit chemin au bord de la Creuse.

Ange et Ypriane se taisaient toujours, rien n'interrompait les tristes réflexions de Marguerite, rien, sinon l'effort qu'elle faisait pour rétablir le calme dans son esprit troublé.....

..... Heureusement, la course touchait à sa fin..... Sur la porte de la *Maisonnette* entrevue de loin au travers des arbres, on apercevait la silhouette de Josa qui se penchait pour épier le retour des trois sœurs. Yane la salua d'un cri joyeux auquel Ange fit écho..... Et, pour être plus tôt arrivées, les petites folles se mirent à courir, entraînant Marguerite.....

La vieille servante les reçut en grondant :

— J'étais inquiète! Voyons! vous deviez être ici dès 6 heures. Il est 7 heures passées et vous voilà seulement..... tout est brûlé! faudra-pas vous plaindre! mon pauvre dîner serait tout juste bon à user les dents d'un chien..... Tant pis si vous y laissez les vôtres.....

— Allons! allons! paix! Josa! s'écria Ypriane en riant... Ne deviens pas grognon sur tes vieux jours, tu te ferais détester!.. Et ce serait dommage, conclut gentiment la jeune fille en baisant les joues basanées de la vieille femme..... Ce serait dommage, car nous t'aimons beaucoup..... Beaucoup!.....

Josa était désarmée, elle s'en alla, ronchonnant toujours, afin de ne point paraître céder ; mais, aussitôt qu'elle fut hors de la pièce où Mlles Amadour se dévêtaient, elle murmura :

— On défend de croire aux lutins et aux fées! Comment faire lorsqu'on en possède chez soi! Cette Ypriane..... Elle vous fait tourner, changer d'humeur, rien qu'avec un geste de son petit doigt.....

Et, toute rassérénée, elle apporta son repas, son pauvre repas manqué..... qui fut trouvé excellent.....

*   *   *   *   *   *   *

Ypriane songe à tout cela, toujours appuyée sur la fenêtre ouverte ; elle revoit un à un les détails de cette fête..... la première à laquelle elle eût assisté..... Et comme elle est encore un peu brisée de sa fatigue d'hier, elle semble absorbée profondément.

Elle s'est bien amusée, hier ; mais maintenant que le plaisir est passé, il lui reste un abattement, une mélancolie involontaires.....

Marguerite la surprend au milieu de sa rêverie, et, moins discrète qu'Ange, elle s'approche et vient entourer de son bras la taille souple de la jeune fille :

— Eh bien! eh bien! Vanette, à quoi pensons-nous?

Ypriane posa câlinement sa tête sur l'épaule de son aînée :

— Je pense, petite maman, que je ne suis jamais aussi bien qu'avec toi..... Hier, j'étais heureuse, mais maintenant que c'est fini, je sens que tout cela n'est pas grand'chose..... Je n'éprouve jamais un sentiment pareil lorsque je suis restée sagement à m'amuser ici.....

Mlle Amadour baisa les cheveux flous qui caressaient sa joue, et puis tendrement répondit, tandis que son regard allait aussi chercher Ange :

— Et moi, je ne demande qu'à vous garder longtemps, bien longtemps, en vous faisant la vie très douce, pauvres chéries.

Elle soupira, car elle se sentait impuissante à écarter des enfants qu'elle aimait les incertitudes de la lutte ; il fallait seulement les armer de courage pour les instants difficiles, et cela, aidée par Dieu, elle le ferait.....

La saison s'avança, les mois passèrent, octobre était revenu sans que la santé de Mme de Valboy eût permis à Pierre de regagner son régiment. Il avait demandé un congé de six mois dont lui-même avait besoin, et, ce congé lui ayant été octroyé, il vivait provisoirement à Hirson, travaillant le plus possible pour tromper l'ennui d'une existence à laquelle il n'était plus accoutumé.

Pour se distraire, il s'occupait beaucoup de sa nièce, Germaine ; presque chaque jour il s'en allait lui-même la chercher à Saint-Maur..... Et tout le long du trajet, jusqu'à la maison de Mme d'Artignies, il écoutait le babil de l'enfant :

— Mlle Amadour était sévère, aujourd'hui ! elle m'a fait les gros yeux trois fois ; je ne l'aime pas lorsqu'elle gronde!

— Tu n'avais pas été sage?.....

— Oh! si! Mais vous savez, l'histoire de Moïse?..... Je l'avais placée avant le déluge, et comme, en récitant, je pensais au mouton vivant que vous m'avez promis, j'ai bredouillé un peu...... Mon devoir de géographie n'était pas bien non plus..... Vous étiez distrait, oncle Pierre, lorsque je vous ai demandé où se trouvaient les Antilles..... J'ai dit que vous m'aviez aidée...... Alors Mlle Ypriane n'a plus osé me gronder devant toutes, mais elle a barré d'un seul trait la page entière..... Vous comprenez que cela ne me va pas..... Il faut faire attention, voyez, et penser à ce que je vous dis lorsque je travaille et que je vous interroge..... Vous me faites gronder, ce n'est pas amusant!..... D'abord, vous êtes distrait depuis quelque temps, oncle Pierre..... Je le vois très bien dans vos yeux!..... Tenez, -maintenant, vous ne m'écoutez plus..... Que regardez-vous là-bas?.....

— Mais rien, petite masque!..... J'entends très bien ce que tu me dis!.....

— Non, non!...... Tiens! Voyez, Mlle Ypriane au bout de la rue ; elle reconduit Jeanne de Veaupré parce que sa mère est malade..... Je voudrais bien que vous soyez malade, un jour, pour qu'elle m'accompagne aussi comme Jeanne.....

— Merci! tu es bien charitable, monstre enfantin.....

— Ah! nous allons la rencontrer!... La voilà qui revient!... Tenez, elle s'approche, elle est justement sur le même trottoir que nous! Oh! oncle Pierre, comme je suis contente!

Et l'enfant, sans lâcher la main de M. de Valboy, se mit à

marcher vite, plus vite, pour se trouver plus tôt tout près de son cher professeur.

Ypriane approchait d'eux sans les voir ; elle se hâtait aussi, car ce détour l'avait retardée ; elle craignait une boutade nouvelle de Josa. Au passage, Germaine d'Artignies lui saisit la main, et brusquement y déposa un baiser.

La jeune fille sursauta ; mais, dès qu'elle aperçut son élève de prédilection, son joli visage, un instant courroucé, se détendit et un sourire effleura ses lèvres :

— Petite folle! vous m'avez effrayée.....

Pierre de Valboy s'était découvert :

— Mademoiselle, je vous en prie, excusez cet abord irrespectueux de ma nièce..... J'en suis confus, veuillez bien le croire.....

— Je le crois, répondit simplement Ypriane, et je pardonne bien volontiers à Germaine la petite frayeur qu'elle m'a causée.....

— Alors, grondez mon oncle ; c'est sa faute si je n'ai pas su mes leçons..... Je lui ai dit que vous.....

— Germaine, viens!..... Tu ennuies Mlle Amadour.

— Pas du tout..... N'est-ce pas que je.....

— Viens vite.....

Pierre était mal à son aise ; il comprenait le manque d'à-propos de cette interview en pleine rue.

— Oui! je viens, na!.....

L'enfant terrible jeta ses bras autour du cou de Mlle Amadour et se sauva en riant, entraînée par son oncle qui la grondait :

— Tu es impolie, Germaine!..... Si j'étais Mlle Amadour, je te mettrais le bonnet d'âne demain!

— Elle n'est pas si méchante que vous, car elle ne me le mettra pas, je le sais bien!..... Vous ne l'aimez donc pas, Mlle Ypriane, que vous ne vouliez pas me laisser l'embrasser?

Pierre haussa les épaules en silence ; il n'avait garde de répondre aux questions de Germaine, sans quoi les interrogations de la petite fille n'eussent jamais pris fin.

Désormais, cependant, avec un soin croissant, il surveilla les études de sa nièce, il s'intéressait aux notes bonnes ou mauvaises, et lorsque Germaine annonçait triomphalement que sa jeune maîtresse avait été contente, le commandant était heuneux, lui aussi, et le mot « très bien », écrit au bas des pages par la main légère d'Ypriane, le récompensait suffisamment.

C'était une magicienne, cette petite Ypriane... Une fée, comme le disait Jean... Germaine avait raison, elle n'avait qu'à paraître pour être aimée.

Souvent, souvent, elle s'était rencontrée avec M. de Valbey, soit à Saint-Maur, soit chez les Poulières... Toujours elle avait été simple, gaie, très douce, et le commandant, comme les autres, avait subi le charme.

D'abord, ce qui l'avait attiré, c'était la ressemblance de la jeune fille avec Marguerite, et pour s'expliquer à lui-même le plaisir qu'il éprouvait à causer avec Ypriane, il se disait :

— Elle me rappelle si bien « l'autre »!

Et comme « l'autre », justement, Marguerite, pour se défendre contre tout regret, se retranchait dans une froideur voulue, comme elle se dérobait à toute rencontre, Pierre la cherchait en sa jeune sœur.

Peu à peu, en étudiant davantage Ypriane, il distingua mieux les divergences de nature des deux sœurs.

De même qu'au physique, Ypriane avait un éclat, une vie que n'avait jamais eus Marguerite; au moral, elle avait une fraîcheur, une gaieté naïve que les soucis trop tôt venus avaient [illegible].

Marguerite avait porté très jeune les responsabilités et les charges de son triple adoption; et, tout en se faisant enfant encore pour se rapprocher [illegible] tellement entourée d'une gravité douce pour se faire craindre autant qu'on la chérissait.

[illegible] de travail qui était sienne, [illegible] son agrément des [illegible]. Jusqu'ici Marguerite avait travaillé [illegible] on lui rendait la pauvre somme [illegible] chantant dans [illegible] plaisir... Peu lui importait la tâche [illegible] pour chanteuse! [illegible] cuite... [illegible] chaud, les fleurs embaumées... [illegible]

quait dans la chère petite maison pour les modestes repas de
chaque jour ; la « soupe » de Josa était délicieuse, le lait de
Basie faisait des fromages excellents...... Pourquoi se plaindre ?
Qu'aurait-elle humainement désiré de plus ?

La jeune fille ne savait pas tout ce qu'il fallait de calculs
ingénieux à Marguerite pour arriver à maintenir le rustique
bien-être de la *Maisonnette*. Elle ne savait rien des angoisses
traversées par la grande, lorsqu'il fallait parvenir à nouer les
deux bouts du très maigre revenu.

Et c'était justement parce que Marguerite avait jusqu'ici
tout assumé sur elle qu'Ypriane conservait la grâce enfantine
qui doublait son charme.

Oui, Yane rappelait tout à fait « l'autre », et pourtant, ici,
Marguerite eût agi différemment ; dans telle ou telle circonstance, elle n'eût pas pensé de même. Le commandant s'en
aperçut ; il étudia la jeune fille davantage, et, peu à peu, sans
le savoir, au travers du souvenir de Marguerite, ce fut Yane
qu'il aima.

Il fut longtemps, longtemps, sans voir clair en lui-même.
S'il avait supposé que ce sentiment fût possible, il se fût enfui.
Mais il allait sans défiance vers cet amour nouveau, se croyant
gardé par l'amour ancien.

Or, les deux sœurs s'étaient confondues lentement dans sa
pensée, comme il les avait confondues sur le petit chemin, et,
jour par jour, de cette dualité mystique, Ypriane s'était déga-
gée, avait grandi, était demeurée seule dans le cœur de M. de
Valboy.

Ce fut Mme Pradières qui comprit ce que l'officier ne comprenait pas..... Ce fut elle qui devina le sentiment de Pierre.....
Elle le devina sans arrière-pensée, puisqu'elle n'avait rien su
du rêve ébauché jadis.

Alors, elle alla trouver Marguerite, son caractère d'amie
intime autorisant sa démarche.

Les enfants étaient sorties, Mlle Amadour était assise dans
le petit salon tout auprès d'une immense corbeille de linge à
choisir et à raccommoder ; elle eut une exclamation de joie en
reconnaissant la mère d'Albane :

— Quelle bonne pensée !..... Je suis toute seule ; « mes
filles » sont parties depuis le déjeuner. Quel bon vent t'amène ?

— Le plaisir de te voir, d'abord, Marguerite..... Ensuite.....
ensuite..... Je désirais te parler d'Ypriane.

Mlle Amadour laissa tomber son ouvrage, et son regard se
fixa, très ardent, sur le visage de Mme Pradières :

— Ypriane? quoi! qu'y a-t-il?

— Voudrais-tu la marier?

Marguerite sourit ; voir ses petites sœurs heureuses avait
toujours été son plus cher désir.

— La marier? oui! certes! Et ce serait pour moi une sécurité
immense que de confier son bonheur à un homme capable
d'apprécier ma chère mignonne..... T'a-t-on chargée de me
demander sa main, Suzanne?..... Je suis si étonnée.....

— Sa main? oh! non, pas encore, mais ça viendra! J'ai
voulu auparavant causer avec toi pour savoir ce qu'alors je
devrai répondre ; mon cousin de Valboy aime ta petite sœur...

Mlle Amadour ne répondit pas tout de suite, l'émotion
étranglait la voix dans sa gorge ; mais la courageuse fille se
raidit, et, sans trembler, elle put dire :

— Tu crois?.....

— J'en suis sûre! sûre!..... Pierre ne m'a rien dit, mais j'ai
bien deviné.....

— Yane sait-elle?.....

— Oh!..... Tu n'y songes pas!..... Tu ne connais pas Pierre!
Crois-tu donc qu'il eût osé, sans ton approbation, parler à l'enfant?..... Non, non, chez moi, ils se sont vus souvent, comme
tu le sais, du reste : Yane venait voir Albane, et plusieurs fois
par semaine mon cousin se trouvait à la villa..... C'est ainsi,
du reste, qu'autrefois tu as toi-même connu Pierre.....

Mme Pradières s'attendait à constater immédiatement une
joie profonde chez son amie..... Marguerite, cependant, se taisait toujours.

— Je comprends ta surprise, reprit la mère d'Albane ; tu
trouves peut-être que Pierre n'est point assez jeune pour songer
à la sœur?.... Il a trente-huit ans, c'est vrai, juste ton âge, seize
ans de plus que Ya..... Mais je t'assure qu'ils ne sont point
désassortis..... A trente-huit ans, un homme est bien jeune
encore..... le commandant surtout qui ne porte point son
âge..... Et puis il est si bon, si droit..... Je plaide pour lui sans
qu'il s'en doute, car je suis sûre que ta chérie serait heureuse
avec lui..... Ne le crois-tu pas?.....

— Si, je le crois, répondit doucement Marguerite.....

— Alors, tu me permets d'encourager Pierre lorsque le moment en sera venu?

— Laisse-moi étudier Ypriane d'abord ; je veux savoir si, elle aussi.....

— Tu as raison, mais je crois bien.....

— Alors, Suzanne, j'ai confiance en toi, tu feras pour le mieux ; s'il..... si ton cousin te parle d'Ypriane, tu lui diras que sa mère peut me la demander sans crainte, en son nom.....

Alors, jour par jour, mot par mot, Mme Pradières conta à Marguerite le petit roman qui s'était bâti sous ses yeux ; quand elle eut achevé, Mlle Amadour ne doutait plus..... Elle pressa les mains de son amie dans les siennes :

— Tu as agi comme une sœur, murmura-t-elle, tu vas peut-être contribuer au bonheur de ma chère fille d'adoption : sois-en bénie!.....

Lorsque Mme Pradières fut partie, Marguerite resta long-temps immobile à la même place.....

Maintenant, une foule de petits détails oubliés lui reve-naient, appuyant l'opinion de la mère d'Albane :

— Etudie-la, mais je crois bien.....

Oui, elle aussi croyait..... A présent, elle était sûre que si Pierre demandait la main d'Ypriane, Ypriane dirait oui, très heureuse!.....

En souffrait-elle?..... Elle n'aurait pu le dire ; les mains jointes sur ses genoux, elle regardait dans le vague, songeant à tout cela..... Aimait-elle encore Pierre?..... Elle ne voulait point y songer ; n'avait-elle pas bien souvent prié Dieu en ces mots :

— Faites-les tous heureux à ma place!.....

Par un généreux oubli d'elle-même, elle s'effaçait devant sa sœur. Aussi, lorsque, par la fenêtre du salon, elle aperçut la jeune fille qui rentrait, lorsque son regard caressant vint effleu-rer la jolie tête d'Yane, puis se reporter ensuite sur le miroir qui reflétait sa propre image, Mlle Amadour murmura :

— Elle est l'avenir..... moi, je suis le passé!.....

Alors elle tendit ses bras à l'enfant, et dans un long baiser elle renouvela tout bas l'héroïque serment qu'elle avait fait de les aimer toujours, tous les trois, plus qu'elle-même!.....

XV

Mme Pradières a ouvert les yeux de son cousin...... Pierre ne croyait point aimer ainsi la sœur de Marguerite, et quand il a compris qu'il l'aimait, il n'a plus eu le courage de partir..... D'ailleurs, la mère d'Albane lui en avait enlevé tout désir en lui contant son entretien précédent avec Mlle Amadour......

Peu à peu il s'était persuadé que, depuis longtemps déjà, Marguerite ne l'aimait plus : elle était si naturelle, si froide même avec lui, parfois!.....

C'est pourquoi, fort de cette conviction, il avait consenti à lui faire demander la main d'Ypriane.

La courageuse créature avait répondu si simplement à la lettre de Mme de Valboy que la vieille dame elle-même songea, tout en lisant ses lignes :

— Elle n'a jamais aimé Pierre! c'est évident!.....

Et lorsque le commandant vint apporter à Ypriane son bouquet, sa bague de fiancée, lorsqu'il revint, chaque jour, passer quelques heures à la *Maisonnette*, Marguerite fut fraternellement accueillante pour lui.

Elle laissait les jeunes gens se promener dans le petit jardin, et, s'asseyant près d'Ange, sur le seuil de la chère maison, elle s'absorbait dans un travail quelconque de couture..... Parfois, seulement, elle relevait la tête et les suivait du regard, un instant, mentor très doux et très discret!

Quand Pierre était parti, Yane venait en courant s'asseoir aux pieds de Marguerite, et, très enfant, faisait scintiller au soleil sa bague de brillants :

— Je suis heureuse, maman Guite! murmurait-elle, câline, en appuyant sa jolie tête sur les genoux de sa grande sœur. Si tu savais combien Pierre est bon pour moi, comme il m'aime! Moi, je l'aime de tout mon cœur aussi!..... Il me fera la vie très douce!.....

Marguerite souriait, et lentement passait ses doigts dans les boucles brunes de Ya.

— Cela m'étonne, maintenant, que tu n'aies jamais eu l'idée de te marier, toi!..... Tu aurais été une si douce petite maman!..... Si tu savais comme c'est gentil d'être fiancée,..... surtout lorsqu'on est gâtée comme moi!

Et l'espiègle frappait ses mains l'une contre l'autre, oubliant, dans sa joie, qu'elle allait quitter cette maison bénie qui l'avait si longtemps abritée, et ses deux sœurs, ses uniques tendresses jusqu'au jour où Pierre était apparu.

Le temps des courtes fiançailles passa très vite, et par un beau matin tout ensoleillé, l'abbé Clément bénit le mariage d'Ypriane Amadour et de Pierre de Valboy.

Yane était radieuse..... Toute vêtue de mousseline de soie, elle semblait être une créature de rêve, une fleur vivante, si jolie, que les petits enfants du hameau, groupés sur son passage, joignaient les mains, tendaient les bras vers elle comme vers une céleste apparition.....

Puis vint le soir..... Ils partirent. Le long congé de Pierre, deux fois renouvelé, touchait à sa fin ; après quelques jours de voyage, le jeune ménage devait s'installer à Tarbes.....

Yane, au moment du départ, se jeta tout émue dans les bras de sa mère adoptive ; elle sanglota pendant quelques instants : Marguerite l'avait tant chérie, lui avait fait l'existence si douce !.....

Ange, à son tour, s'approcha ; elle embrassa rapidement la jeune femme, puis elle s'enfuit dans un coin, à l'écart, pour cacher son chagrin.....

Alors Ypriane sortit sans regarder en arrière, suivie par Josa seulement jusqu'à la voiture où Pierre l'attendait.

— Soignez-la bien, Monsieur, s'écria la brave servante en serrant la main que lui avait tendue Pierre! C'est la joie de notre maison que vous emmenez avec vous!.....

Le coupé s'ébranla, et, debout sur le seuil de la *Maisonnette*, Marguerite, longtemps, le regarda s'éloigner..... Elle avait appuyé son front contre l'encadrement de la porte, et, tremblante, restait là, tout anéantie : elle souffrait trop pour pleurer.

Lorsque, quatorze ans plus tôt, elle avait accepté le nid avec ses oisillons, elle n'avait point songé qu'un jour viendrait où les chers petits sentiraient croître leurs ailes et s'envoleraient un à un, la laissant toute seule!..... Elle aurait tout sacrifié, alors, sa vie serait close..... Eux partis, il lui faudrait vivre et mourir isolée.....

Pour la première fois, Marguerite pensait à l'horreur de

cette solitude, au vide affreux qui se ferait lorsque tous trois.....

A cet instant, la petite Ange, comme si elle eût deviné la lutte qui bouleversait, ce soir-là, l'âme paisible de Marguerite, Ange s'approcha sans bruit, à pas lents, de sa grande sœur.....

Dans l'ouverture étroite de la porte, il y avait une place encore, elle s'y glissa, et, doucement alors, elle se blottit tout contre Marguerite :

— Ecoute, murmura-t-elle à voix basse..... Je suis là, moi..... je ne m'en irai pas, jamais..... Je ne veux pas me marier, pour vivre avec toi toujours..... Toujours..... A moins que.....

— P.....

— A moins que le bon Dieu ne me prenne au ciel, vers maman!.....

Marguerite, d'un geste fou, étreignit sa sœur dans ses bras, et cherchant dans l'ombre le cher visage de l'enfant pour le couvrir de caresses, elle le trouva brûlant.

— Qu'as-tu?

— Rien, j'ai froid!

— Froid! Mais tu brûles.....

Maintenant, Ange tremblait violemment, les émotions du jour avaient été trop fortes pour la petite sensitive : un sérieux accès de fièvre venait de se déclarer.....

Alors, Mlle Amadour oublia tout, Jacques, Ypriane, ses rêveries anxieuses ; elle ne vit plus au monde que l'enfant, l'enfant de son cœur, celle qui lui restait, celle qui était si faible, si fragile.....

Toute la nuit, elle veilla sur le sommeil agité de sa petite sœur ; toute la nuit aussi, dans le silence et dans l'obscurité de la chambrette d'Ange, elle vit flamboyer ces mots :

— Je resterai toujours, à moins que le bon Dieu ne me prenne au ciel!..... vers maman.....

. . . .

Le bon Dieu ne l'avait pas prise, mais jamais Ange ne retrouva sa paisible gaieté d'autrefois..... Le départ d'Ypriane avait laissé très vide une place que toute la tendresse même de Marguerite ne suffisait pas à remplir..... Albane venait en vain, chaque jour, passer des heures entières à la *Maisonnette* ; la gentille vivacité de Mlle Pradières ne parvenait pas à ranimer le rayon qui s'était éteint au cœur de l'étrange enfant.....

Le front très pur d'Ange était devenu plus blanc, ses gestes plus doux encore, plus lents, plus mesurés..... Elle glissait sans bruit, comme une ombre légère que Marguerite craignait toujours de voir s'évanouir.

Mlle Amadour avait repris sa vie active ; Mme d'Espy s'attachait à elle de plus en plus ; elle eût désiré la garder à Château-Neuf tout le jour, mais Marguerite s'y refusait : n'avait-elle point avant tout sa chère petite Ange à soigner et à guérir ?

Ce refus était actuellement le seul grief que la baronne eût contre sa demoiselle de compagnie.

— Vous comprenez ! j'aurais besoin de séjourner pendant l'hiver dans le Midi ; Château-Neuf est trop froid pour moi, maintenant..... Et quant à y aller sans vous, c'est impossible, impossible cent fois !..... Fanchette ne sait pas me soigner ! Vraiment, votre jeune sœur est bien accaparante !

Marguerite ne relevait point ces boutades ; son plus cher désir était de rester plus encore auprès d'Ange, de ne pas la quitter, de jouir d'elle jalousement..... A elle seule, à présent, elle était nécessaire..... Jacques n'écrivait presque plus, et, de Tarbes, les lettres très fréquentes arrivaient, débordantes de joie. Yane était bien heureuse, au loin..... Elle aimait tant son cher mari ! Et puis une affection nouvelle envahissait son cœur : elle préparait un berceau......

Ses sœurs absentes lui manquaient ; elle eût désiré les voir, être heureuse auprès d'elles ; gentiment, elle les suppliait de venir, pour de longs mois, pour toujours même s'installer à Tarbes :

« Nous vous choisirons un petit appartement très gentil, près du nôtre, et nous serons si contents de jouir de vous deux : Hirson est si lointain ! »

Mais Yane, toujours la petite Yane inexpérimentée, ne comprenait pas que ce beau rêve était impossible ; Marguerite avait sa vie faite à Hirson, sa vie de travail indispensable ; Mme de Valboy calculait seulement qu'une fois à Tarbes, dans un logement voisin du leur, ses sœurs vivraient presque avec eux, et qu'elles n'auraient plus, pendant des semaines, des mois, à s'occuper de rien.....

Les bonnes âmes d'Hirson s'étonnaient aussi de la résistance de Marguerite :

— Elle est bien sotte, après tout, de ne pas accepter..... Toujours de plus en plus étrange, cette pauvre fille !..... Vivant comme un loup!.... Mme d'Artignies racontait même à ses intimes que Mlle Amadour avait refusé jadis un beau parti..... Avec elle, il n'y avait rien à faire : elle était vieille fille endurcie..... et les vieilles filles..... vous savez.....

Les chaises des charitables bavardes se rapprochaient : c'était si bon de pouvoir un peu mordre son prochain!....

— Les vieilles filles!....

Elles en parlèrent longtemps, de toutes en général, de Marguerite en particulier, sans parvenir à comprendre le pourquoi de leur antipathie contre le mariage :

— Un sacrement, après tout! ma très chère, n'est-il pas vrai?..... Des égoïstes qui ne veulent point les soucis d'un ménage ; des orgueilleuses qui n'acceptent point la domination d'un mari!..... des chipies.....

Pas une fois l'idée ne leur vint de soupçonner un dévouement, une abnégation héroïque, dans ces vies stériles à leurs yeux ; elles ne songeaient point à tout ce que beaucoup avaient dû sacrifier pour demeurer fidèles à un devoir et pour pouvoir accepter un fardeau.....

Elles classaient — comme le fait généralement le monde, — elles classaient les « vieilles filles » en deux catégories : celles d'abord qui n'ont jamais trouvé de mari et qui coiffent sainte Catherine malgré elles..... celles enfin qui, refusant toute charge, tout souci, préfèrent leur liberté.....

Mais les légions de créatures vaillantes qui ont su, dans le secret de leur cœur, sacrifier un amour à un devoir accepté..... Celles qui se sont faites la mère d'une famille d'orphelins, la consolation de vieux parents infirmes, l'envoyée du bon Dieu auprès des pauvres..... Celles qui se sont sacrifiées sans bruit, l'âme joyeuse malgré la blessure ; les courageuses qui ont porté le front très haut sans chercher la pitié de personne..... Celles-là passent inaperçues dans la foule des autres, de celles que l'on nomme « vieilles filles » par vocation ou par dépit..... Elles sont gaies ; elles portent leur charge en souriant, donc elles sont heureuses! tant mieux pour elles! N'est-il pas juste alors que, dans la famille, ce soient elles qui se dévouent, qui se dépouillent, qui passent leurs nuits aux chevets des malades, et leurs jours auprès des berceaux?

Leur en savoir gré?.... Pourquoi donc? N'ont-elles pas elles-mêmes choisi leur vie ?...... Et puisqu'elles sont libres de toute chaîne, ne peut-on vraiment accepter qu'elles se donnent un peu à autrui ? C'est tout naturel !

Tout naturel aussi le mode d'existence adopté par Marguerite..... Puisqu'elle n'avait pas la vocation du mariage, il fallait bien qu'elle eût des occupations..... Elle devait aimer, d'ailleurs, ces fonctions de mère de famille auprès de ses jeunes frères et sœurs, puisque le double départ de Jacques et d'Ypriane avait amené quelques rides à son front et quelques nouveaux flocons blancs à sa chevelure grise..... Elle prendrait son parti de leur absence, voilà tout ! En somme, n'aurait-elle pas maintenant une plus grande liberté ?

Oui, Mlle Amadour avait un peu plus de temps à elle, et son rôle de mère était bien simplifié..... Mais, justement, parce qu'elle s'était adonnée jadis à sa tâche avec toute l'ardeur de ses vingt ans, parce qu'elle avait abandonné pour cela tout le reste, son dévouement de chaque heure lui était devenu en quelque sorte nécessaire.

La liberté ? qu'en ferait-elle, à présent que son bonheur personnel était sacrifié et ses espérances mortes ?......

Il lui fallait toute sa foi, toute sa confiance en Dieu pour oser regarder l'avenir en face.....

Car elles étaient son effroi, ces tentations de désespoir qui lui venaient à la pensée que, bientôt peut-être, le dernier anneau de sa chaîne allait se rompre, et qu'elle resterait dans l'existence toute seule.....

Le fardeau se faisait plus pesant qu'au jour de l'adoption..... plus pesant qu'à l'heure où elle sacrifiait son bonheur intime : elle était alors dans tout le feu de son immolation..... Aujourd'hui, le vide se faisait autour d'elle..... Et cependant elle ratifiait encore dans son âme le sacrifice qu'elle avait fait autrefois.

Non, malgré l'avis de ses « amies » d'Hirson, Marguerite ne s'installerait point à Tarbes pour de longs mois..... D'ailleurs, elle ne pouvait abandonner sa maison, ses cours de dessin, Mme d'Espy, tout ce qui l'aidait à vivre ; et, fût-elle libre de son temps, eût-elle tout le loisir et les moyens de voyager, elle n'irait jamais qu'en passant chez Yane, parce que chez Yane elle serait aussi chez Pierre. Elle irait chez eux chaque fois qu'ils auraient besoin d'elle ; mais c'était tout ce qu'elle devait, c'était tout ce qu'elle pouvait aussi.....

Et Marguerite passait au milieu des critiques, sans voir et sans entendre, un peu hautaine, obéissant à la voix qui lui dictait son devoir et n'écoutant rien de plus.....

Comme elle ne cherchait jamais dans les yeux de personne l'éloge ou la désapprobation, comme elle gardait en son cœur toutes ses joies et toutes ses souffrances, on lui en voulait, on l'aimait peu :

— Tant pis pour elle!..... Elle est si sauvage!.....

. . . .

Marguerite est distraite..... Elle écoute vaguement ce que lui conte la baronne, très bavarde ce matin-là.....

Avant de quitter la *Maisonnette*, elle a constaté un mouvement de fièvre chez Ange, et tout alarmée a bordé l'enfant dans son lit :

— Ne bouge pas, mignonne!..... Laisse tes bras sous la couverture, comme ceci.....

Mais la fillette, au contraire, dégagea ses deux mains que venait d'emprisonner Marguerite, et, les joignant sur le cou de sa grande sœur, elle supplia :

— Ne t'en va pas, petite maman, reste ici!.....

— Tu sais bien que je ne le peux pas, chérie, sois raisonnable!..... Mme d'Espy est souffrante, elle compte sur moi..... Je vais charger Josa de te soigner jusqu'à mon retour ; si tu es mieux, tu te lèveras et tu m'attendras au coin du feu.....

Ange laissa retomber ses bras sur son lit ; un soupir souleva sa poitrine et deux grosses larmes perlèrent dans ses yeux..... Elle ferma doucement ses paupières afin que sa mère d'adoption ne la vît point pleurer.....

— Dors, mon amour, dit tendrement Marguerite, en déposant un baiser sur les paupières alourdies ; dors..... Je prierai Mme d'Espy de me laisser revenir très tôt..... Voilà justement Josa, elle va s'asseoir près de ton lit et veiller sur toi.....

Et Marguerite partit..... Marguerite se rendit à Château-Neuf où l'attendait impatiemment la baronne..... Mais, durant tout le matin, ses yeux allèrent chercher la pendule..... Elle appelait le moment bienheureux où elle pourrait enfin redescendre à la *Maisonnette*.....

Mlle Amadour s'était assise près de la fenêtre, et, pour tromper l'inquiétude qui la rongeait, elle avait ouvert un livre et lu tout haut quelques pages.

Elle venait de poser pour un instant le volume sur ses genoux, et son regard, un peu brillant, errait sur la cour triste où les herbes croissaient librement.....

Les chiens de Mme d'Espy étaient allongés dans leurs niches, les yeux mi-clos, dans une béatitude profonde.

Marguerite les vit soudain tressaillir ; ils s'élancèrent en grondant vers la porte où venait de tinter la cloche d'appel, tandis que Fanchon, son énorme trousseau de clés en mains, s'apprêtait à ouvrir.....

— Qui est-ce ?

La baronne, surprise, essaya de se soulever pour apercevoir l'arrivant : à part Marguerite, personne au monde ne sonnait à Château-Neuf.....

Mais Mlle Amadour ne répondit pas à l'interrogation de la vieille dame ; elle s'était levée, et, avidement, regardait au dehors..... Ses doigts se crispèrent contre les vitres, puis elle retomba en murmurant :

— Josa!..... Mon Dieu!..... Ange!.....

Elle se mit à trembler de tous ses membres, incapable de faire un seul mouvement..... Elle entendit une dispute vive s'engager entre Fanchon et Josa..... Puis, quelques secondes après, la porte du salon s'ouvrit, et la vieille servante de la *Maisonnette* fit son apparition.....

Ce fut alors seulement que Marguerite reprit conscience d'elle-même, et tandis que Josa balbutiait :

— Descendez vite!..... Ange!.....

Elle avait saisi son chapeau.

— Ange a besoin de moi, permettez que je parte, supplia-t-elle.

Et, sans attendre la réponse, elle s'enfuit en criant à Mme d'Espy :

— Priez pour moi!.....

Elle ne songeait pas que la baronne, depuis un demi-siècle, ne priait plus ; elle songeait seulement, dans sa détresse, qu'elle avait besoin du secours de Dieu.

Mme d'Espy ne répondit pas ; elle était parvenue à se soulever sur son fauteuil pour suivre des yeux le départ précipité de Mlle Amadour :

— C'est son enfant chérie, cette petite fille! presque autant

que Jean était mon enfant!..... Si elle traverse cette épreuve et
conserve sa foi, alors.....

Elle n'acheva pas, mais ses yeux quittèrent la porte par
laquelle Marguerite avait disparu pour se fixer un instant sur
le ciel où s'accumulaient de gros nuages.....

.   .   .   .

Auprès du lit d'Ange, l'abbé Clément et Julie, sa sœur,
étaient penchés..... Ils n'entendirent point entrer Marguerite.

La pauvre fille s'approcha doucement, et, les écartant tous
les deux de la main, elle s'inclina sans un mot sur l'enfant de
sa tendresse.

Ange reposait..... Une pâleur affreuse s'était étendue sur ses
traits ; Marguerite la crut morte.

Elle s'agenouilla pour être plus près de la petite, et, toujours
sans une larme, sans un cri, elle posa ses lèvres sur le front
immaculé.....

Alors, Ange entr'ouvrit ses paupières ; un sourire éclaira sa
face très blanche ; elle murmura :

— Tu n'aurais pas dû partir!

Elle essaya de soulever ses bras afin d'en enlacer Marguerite ;
mais l'effort fut trop grand, et les petits doigts amaigris vinrent
battre la couverture de la couchette.

— Me voilà..... pour tout à fait, mon amour, me voilà, répondit Marguerite. Je ne retournerai plus là-haut avant que tu ne
sois guérie.....

Ange la regarda ; une lumière étrange brillait dans ses grands
yeux :

— Le bon Dieu est venu, tu sais, balbutia-t-elle ; M. le curé
l'a apporté tout à l'heure avec lui.....

Alors seulement Marguerite se retourna et vit, sur la table
voisine, les cierges hâtivement préparés et la patène d'or sur
laquelle avait un instant reposé l'Hostie sainte.

— Il va me prendre au ciel avec maman..... continua la petite
d'une voix plus faible, toute changée.....

Elle répétait mot pour mot la phrase qui, depuis si longtemps, angoissait le cœur de Marguerite.

L'enfant ferma les yeux ; elle était à bout de forces ; son corps
fragile eut deux ou trois soubresauts d'agonie.....

Alors Marguerite comprit que c'était la fin ; elle se pencha davantage et posa sa pauvre tête sur le lit blanc, tout contre la petite tête d'Ange, et ses lèvres baisant l'oreille de l'enfant :

— Demande à Dieu de me prendre avec toi, supplia-t-elle ; toi partie, je n'aurai plus rien, rien à faire en ce monde!....

Ange, une dernière fois, entr'ouvrit ses paupières..... Dans son regard presque éteint, il y eut une lueur de reproche, et dans un souffle elle murmura :

— Et Jacques?.....

Ce fut tout..... Sa main chercha la main de Marguerite qu'elle porta jusqu'à ses lèvres ; Mlle Amadour posa le Christ sur le cœur qui se glaçait..... et l'âme très pure d'Ange Amadour s'envola, portée bien haut dans le ciel par les autres anges, ses frères.....

. . . .

Marguerite n'eut pas une larme ; elle-même vêtit l'enfant, la coucha dans sa bière, la veilla jusqu'au bout, l'accompagna là-bas au cimetière, par les jolis chemins qu'Ange avait si souvent parcourus, suspendue à son bras.....

Albane et Mme Pradières conduisaient le deuil avec elle..... De Tarbes, le jeune ménage n'avait pu venir : Ypriane, la veille, avait eu une belle petite fille qu'on avait nommée Ange. Et d'Algérie, Jacques n'avait pas répondu.....

Pendant quelques jours, Mlle Amadour vécut à la *Villa-Blanche* ; puis, malgré les supplications, elle revint à la *Maisonnette*, au pauvre nid désert, dont tous les oiseaux, cette fois, s'étaient envolés.....

Alors elle reprit la route de Château-Neuf ; depuis une semaine, elle n'y était point allée, et Mme d'Espy l'attendait, très impatiente......

Lorsque la baronne aperçut sa demoiselle de compagnie, elle eut un mouvement de pitié sincère : Marguerite avait vieilli de dix ans! La vieille dame tendit la main vers elle, avec ce seul mot :

— Ma pauvre enfant!

Puis, comme Marguerite se taisait, un peu farouche dans sa douleur, elle osa questionner, un peu craintive pourtant :

— Vous avez bien souffert! Où est-il, votre Dieu?.....

Mlle Amadour sembla s'éveiller d'un songe ; un éclair s'alluma dans ses yeux, et, très ardente, elle répondit :

— Mon Dieu? Il est avec moi! S'il ne m'avait pas soutenue, je serais folle ou morte!.....

Et, plus bas, elle répéta la phrase qui, jadis, avait tant étonné la baronne :

— Plus on souffre, plus on a besoin de lui!.....

Mme d'Espy interrogea encore :

— Il vous l'a prise, cependant!

— Oui, mais, murmura-t-elle, je la retrouverai : elle m'attend là-haut!

— Et vous croyez que moi aussi, je pourrais.....

— Retrouver votre fils? Oh! oui! je vous le jure! Il prie pour vous, du ciel!.....

Mme d'Espy ne parla plus durant la matinée entière ; mais, lorsque Marguerite se leva pour partir, la vieille dame l'appela vers elle, et tout bas, craignant elle-même d'entendre le son de sa propre voix :

— Si vous demandiez à l'abbé Clément de venir me voir ici, voudrait-il?..... balbutia-t-elle.

Pour la première fois depuis la mort d'Ange, Marguerite sourit..... Elle osa se pencher jusqu'à l'austère châtelaine pour effleurer d'un baiser sa joue parcheminée :

— Oh! oui! murmura-t-elle, je suis sûre qu'il viendra!.....

— Alors, acheva la baronne, je l'attendrai demain!.....

La brebis égarée retrouvait le bercail du divin Pasteur.....

XVI

Le bon abbé Clément a pris sa canne.....

Tête nue sous le soleil de juin, il marche, un peu pâle, tremblant aussi à mesure qu'il approche..... Son but n'est pas loin, du reste ; il va frapper à la *Maisonnette* où cependant personne ne l'attend..... Il y est allé hier, il doit y retourner lundi..... Aujourd'hui samedi, jour des confessions, « jour d'Eglise », comme dit la brave Julie, il faut une raison sérieuse au vieux prêtre pour s'éloigner du presbytère et de l'ombre de son clocher.

— Toc, toc.....

Le heurt semble hésitant.....

Josa, cassée, vieillie, vient ouvrir, et sa bonne figure attristée s'éclaire d'un sourire en voyant le prêtre :

— Ah! Monsieur le Curé!..... soyez le bienvenu!..... Toutes les fois que vous venez ici, le soleil du bon Dieu entre un peu avec vous!..... Mlle Marguerite est au salon, elle travaille.....

L'abbé Clément connaissait les aîtres de l'habitation ; il laissa Josa terminer l'étendage de sa petite lessive et pénétra dans la jolie *Maisonnette* aux jasmins.....

Sur le seuil du salon, il s'arrêta quelques minutes, très ému. Son regard venait d'apercevoir Marguerite, assise près de la fenêtre du fond, sur sa chaise basse.....

Elle avait laissé retomber son ouvrage sur ses genoux, et, soutenant de ses mains sa pauvre tête trop lourde, elle pleurait.

Les larmes tombaient pressées sur ses doigts joints, les tachant de grosses gouttes brillantes.....

Elle était si navrante à voir ainsi, si pareille à la statue de la désolation, que le prêtre fut tenté de remettre à un autre jour la communication qu'il avait à faire.

Il se ravisa ; il savait Marguerite très vaillante et toujours prête à recevoir de nouveaux fardeaux ; il entra.

Mlle Amadour avait tressailli. D'un geste bref, elle essuya ses yeux. Mais quand elle eut reconnu le vieil ami qui avait sanctifié toutes ses tristesses, elle sourit à travers ses larmes qu'elle ne cacha plus : devant lui, elle pouvait pleurer.

Elle se leva pour venir au-devant du saint prêtre, et tout de suite remarqua son air un peu contraint :

— Qui donc vous amène à la *Maisonnette*, mon bon Curé?... Je ne vous attendais pas..... Quelques minutes encore, et vous ne m'auriez point trouvée..... C'est samedi : vous savez ma vieille habitude?..... Autrefois, je les menais tous, là-bas, au cimetière..... maintenant, j'y vais seule : elles sont deux pour m'attendre.

Un sanglot étrangla sa voix, et son regard alla caresser une gerbe fleurie : les premiers jasmins et les premiers boutons de roses qu'elle avait moissonnés dans l'étroit jardin de la *Maisonnette* pour en garnir, là-haut, la petite tombe d'Ange et de Mme Amadour.

— Aux vacances aussi, j'y menais toujours Jacques.....

Jacques!..... Le prêtre sursauta ; sa pâleur naturelle s'accrut et donna subitement à son visage une teinte de cire :

— J'ai reçu ce matin une lettre de lui, murmura-t-il.

— De Jacques?

— Oui..... Comme il me dit n'avoir pu vous écrire par ce courrier, je viens justement vous apporter de ses nouvelles.....

Marguerite s'était mise à trembler, mais un éclair de joie s'alluma dans ses yeux :

— Va-t-il bien?..... Il ne m'a pas écrit, même depuis la mort d'Ange.....

— Ne l'accusez pas. Le climat l'a un peu éprouvé ; il a eu des fièvres dont il n'est pas remis.....

Marguerite se leva d'un bond, et les mains étendues en avant comme pour chasser une vision atroce, elle cria :

— Il est mort, lui aussi!

Le vieux prêtre prit les mains que la pauvre fille tendait d'un geste de désespoir, et, très doucement, répondit :

— Non! calmez-vous, Marguerite, puisque lui-même m'a écrit ; j'ai sa lettre là!

— Donnez!

Mais l'abbé serra plus étroitement contre lui son humble bréviaire à la couverture jaunie, son bréviaire qui contenait la missive tant désirée :

— Si vous me promettez d'être raisonnable, dit-il, je vous la donnerai..... Voulez-vous?.....

Mlle Amadou fit de la tête un signe d'acquiescement. Alors, le prêtre tira l'enveloppe de son livre et mit son contenu sous les yeux de Marguerite qui put lire :

Mon cher Curé,

C'est à vous que je m'adresse, car je n'ai point osé écrire à Marguerite : voilà si longtemps qu'elle n'a rien reçu de moi..... J'ai eu des torts envers elle, mais peut-être pas autant qu'elle a pu le croire. La lettre qu'elle m'a écrite pour m'annoncer la mort d'Ange m'est arrivée alors que j'étais dans mon lit, dévoré par la fièvre.

C'est entre deux accès que j'ai appris la perte de ma pauvre petite sœur, et le chagrin que j'en ai éprouvé a augmenté ma maladie..... Je suis resté pendant des jours et des jours entre la vie et la mort, n'ayant pour me soigner qu'un vieil Arabe inexpérimenté..... La lettre de Marguerite était courte, courte..... Aucun détail sur la fin d'Ange..... Ne suis-je pas bien coupable?..... Nuit et jour, cette prière que Marguerite me fit autrefois me poursuit : « Aie pitié d'Ange..... d'Ange qu'un léger souffle abat, d'Ange si frêle, si délicate..... »

Et je n'en avais point eu pitié..... J'étais parti emportant ma part d'héritage qui les aidait à vivre..... Ange a-t-elle souffert à cause de moi?..... Dites-moi que non, mon cher Curé, j'ai soif de l'entendre ; je suis si malheureux!.....

La vie que je mène ici n'est plus possible..... Je me remets lentement ; la fièvre me saisit chaque soir, et, malgré la chaleur ambiante, je ne peux pas me réchauffer.....

Combien je regrette d'avoir quitté la France..... Prévolt, qui m'a entraîné ici, m'a laissé au début de ma maladie..... Nos affaires n'allaient pas, toute notre entreprise avait sombré, entraînant dans sa ruine les dernières épaves de nos petits capitaux..... Je suis, mon bon Curé, comme le prodigue de l'Evangile et je souffre de la misère et de la faim. Puis-je revenir?..... Marguerite m'accueillera-t-elle? Ne m'accusera-t-elle point d'avoir écourté la vie de notre Ange? Aura-t-elle encore assez de charité pour ouvrir ses bras à l'absent?.....

Si vous saviez combien je voudrais revoir le ciel d'Hirson, pénétrer encore dans notre *Maisonnette*, ne fût-ce que pour y mourir!

Dites à Marguerite que je me repens. Du jour où la nouvelle de la mort d'Ange m'est parvenue, je me suis senti tout autre..... Peut-être la chère petite, de là-haut, a-t-elle changé mon cœur?

Conseillez-moi..... Je ne puis écrire à Marguerite par ce courrier, faudra-t-il le faire bientôt ou bien lui parlerez-vous en ma faveur?..... Dites-lui que c'est un autre Jacques qui reviendra, un Jacques amélioré par la souffrance, et qui ne demande qu'à être pardonné.....

Priez pour moi, mon bon Curé. Au revoir peut-être.

JACQUES.

Marguerite avait achevé cette lecture sans s'interrompre, et l'abbé Clément suivait sur son visage les traces d'une vive émotion.....

Quand elle eut replié le feuillet, elle releva son front qui s'était éclairé soudain, et, tendant ses bras vers la fenêtre ouverte, elle s'écria :

— Qu'il vienne! ma tâche n'est point terminée! Ypnianne est heureuse, Ange est partie vers le bon Dieu, mais lui me reste : il a besoin de moi pour le soigner, âme et corps.....

— L'heure de Dieu sonne toujours, Marguerite, murmura le prêtre d'une voix grave ; tout le bon grain que vous aviez semé dans le cœur de cet enfant devait lever tôt ou tard..... Je bénis Dieu d'avoir permis que ce fût déjà.....

Marguerite, à la hâte, avait saisi une feuille et composa une dépêche d'un seul mot :

— Reviens!.....

. . . .

Alors, dans la clarté douce du jour qui finissait, elle prit seule, comme chaque semaine maintenant, le chemin du cimetière..... Mais en suivant la route si familière à son cœur par où avait passé deux mois plus tôt le petit cercueil d'Ange, elle songeait que bientôt, dans son pèlerinage hebdomadaire, quelqu'un l'accompagnerait..... Jacques viendrait prier avec elle sur la dépouille des deux chéries, il viendrait prier et apporter un cœur nouveau, un cœur changé.

Il semblait à Mlle Amadour que, en ce soir de consolation, l'âme d'Ange, sa petite bien-aimée, était près d'elle, tout près... que les souffles légers du vent étaient les caresses de l'enfant disparue, que le vol assourdi des oiseaux était le bruissement des ailes blanches que la petite morte avait déployées pour s'en aller vers Dieu..... Et que les chants qui montaient de la vallée vers la colline étaient l'hymne de bonheur de l'enfant pour célébrer la joie du retour, en disant :

— C'est moi qui te l'envoie, c'est par moi qu'il revient !.....

Aussi, lorsqu'elle fut arrivée près de la tombe familiale, Marguerite jeta la gerbe rosée sur le sol fraîchement remué..... Et, tout contre la croix, le front appuyé sur l'épitaphe de sa fille adoptive, elle dit merci à Dieu du plus profond de son cœur.

Son existence était close pour le bonheur, mais son âme avait soif de dévouement et de tendresse..... Un instant, elle avait cru son rôle fini, et, le cœur encore si jeune, elle avait cruellement souffert de voir sa vie se stériliser.....

Mais, puisque Dieu lui rendait son troisième enfant, l'enfant prodigue, l'enfant des larmes, elle aurait encore un vaste champ d'activité où elle pourrait peut-être récolter ce qu'elle avait semé dans les pleurs autrefois.

XVII

Albane, qui ne quitte plus guère Marguerite, revient de la villa..... Avec l'assentiment de sa mère, elle a cueilli tout un fagot de fleurs qu'elle porte à la *Maisonnette*. Le petit jardin de Mlle Amadour est très pauvre, cette année, et il faut beaucoup, beaucoup de roses pour fêter Jacques.

Albane est heureuse d'aider Marguerite ; elle a choisi les plus belles fleurs, et, toute fière, vient déposer sa moisson devant l'amie de sa mère.

— Voilà, tante Marguerite!..... Tout est là!..... Voulez-vous que j'emplisse les vases?

Elle a du goût, Albane..... Un goût très artistique et très sûr ; sous ses doigts de fée, les fleurs se groupent en guirlandes, en gerbes, en bouquets aux tons nuancés.

Et, en s'occupant, elle sent son âme toute légère..... C'est bien pour Marguerite qu'elle travaille..... Mais peut-être aussi, un peu, très petit peu, pour Jacques.....

De lui, elle a gardé un souvenir fidèle ; elle s'est attachée au jeune homme, malgré ses défauts qu'elle connaît, et elle espère, s'il l'aime un jour, aider Marguerite à le rendre tout à fait bon. Elle sait — Mlle Amadour l'a dit devant elle à sa mère, — elle sait que Jacques revient pour toujours, qu'il ne retournera plus dans cette vilaine Algérie qui lui a fait, en secret, verser tant de larmes.....

Elle le verra souvent..... Depuis le départ d'Ypriane, depuis la mort d'Ange surtout, elle vient quotidiennement à la *Maisonnette*..... Pourquoi délaisserait-elle Marguerite, du jour où Jacques reviendrait?..... Mme Pradières tient autant qu'elle, d'ailleurs, à cette intimité précieuse.....

. . . .

L'abbé Clément, Julie, Marguerite sont à la gare ; bientôt le train qui ramène Jacques va déboucher au tournant de la voie. On entend déjà son sifflement aigu..... On perçoit le panache blanc de sa fumée qui s'élève.....

Il approche..... Quelques instants encore, et les voyageurs vont débarquer, tous..... L'un après l'autre, anxieusement, Marguerite les suit des yeux, les dévisage..... Où donc est Jacques?.....

— Voyez là-bas, Marguerite.....

Et, sur l'invitation du curé, Mlle Amadour se penche ; à l'autre bout du quai, le dernier arrivant marche, soutenu par deux cannes..... sa tête s'incline trop lourde sur son buste voûté.

— C'est lui!

A le voir ainsi changé, Marguerite éprouva une pitié immense, tout son cœur s'élança vers le jeune homme dans un nouveau pardon.

Jacques avançait lentement, semblant chercher quelque

visage ami..... Quand il aperçut Marguerite, il essaya de se
hâter, mais ce fut elle qui dut venir jusqu'à lui.....

Elle était si émue qu'elle n'osait point parler, craignant de
trahir sa douloureuse surprise..... Alors, sans un mot, elle lui
ouvrit ses bras et le tint longuement appuyé sur son cœur. Il
n'eut pour se dégager aucun geste d'impatience ; au contraire,
il sembla jouir de la douceur de l'accueil, et Marguerite sentit
rouler une larme sur sa joue.

— Ton voyage t'a bien fatigué? questionna tendrement
Mlle Amadour.

— J'ai tant souffert là-bas! murmura-t-il!

Elle lui offrit son bras ; mais, en le prenant, Jacques effleura
de la main le grand voile de crêpe de Marguerite ; il soupira et
ne parla plus : Ange était entre eux.....

Elle était entre eux vraiment ; mais sa mémoire fut si douce,
à l'un et à l'autre, qu'elle servit seulement à les rapprocher.....

Et quand Jacques, escorté de l'abbé Clément et de Marguerite, fut installé commodément dans la voiture, quand il traversa au pas tout le pays de son enfance, il dit plusieurs fois,
tout bas :

— C'est bon! oh! c'est bon!

Et lorsque la *Maisonnette* lui rouvrit ses portes, lorsqu'il
s'assit en face de sa sœur à table où deux couverts manquaient,
il tendit ses mains à Marguerite et s'écria :

— Pardon! j'aurais dû t'écouter, ne jamais partir..... Je
serais heureux, peut-être, à cette heure, et je ne t'aurais point
fait souffrir.....

Mais Mlle Amadour, avec un sourire, murmura :

— Il ne doit rester du passé, pour nous, que le souvenir de
nos chers morts..... Tout le reste est fini, Jacques, oublie tout :
j'ai tout oublié.

Alors, minute par minute, elle entreprit sa double tâche :
guérir son frère au physique, le guérir au moral.

C'étaient là deux cures très difficiles mais solidaires l'une de
l'autre..... En fortifiant le corps, Marguerite allait jusqu'à
l'âme, et peu à peu Jacques retrouva sa gaieté, sans reprendre
jamais son incurie d'autrefois.

L'épreuve l'avait touché personnellement ; il avait connu les
jours difficiles, souffrant de l'isolement et de la faim...... Alors

il s'était souvenu de celle qui lui avait toujours été compatissante et bonne ; il avait compris sa folie et il était revenu.....

Il revenait ruiné, ayant perdu sa part modeste d'héritage ; Mlle Amadour l'accueillit sans un mot de reproche et partagea le pain de son travail avec lui.

Peu à peu, Jacques aima de nouveau l'existence ; il fit des rêves, des projets pour le temps de sa complète guérison.....

Marguerite l'écoutait, l'encourageait, très consolée de le voir se montrer tout autre.

*   *   *

Six mois passèrent ; Jacques, un jour, parla de travailler. Alors Marguerite, très joyeuse, put lui offrir encore une position chez l'ami de M. Amadour, celui justement qui l'avait si longtemps attendu.

— Ce ne sera point très brillant, mon pauvre Jacques..... Le poste de confiance qu'il te proposait alors est donné..... Mais il lui reste une place plus modeste : si tu as un peu de courage, accepte-la.

— J'accepterai, oui, Marguerite, et je travaillerai, je te le promets..... D'ailleurs, j'ai beaucoup réfléchi pendant ma convalescence, et j'ai entrevu peut-être un peu de bonheur..... Albane est si douce, si gentille.....

— Tu l'aimes? questionna tendrement Mlle Amadour..... Je le pensais..... Oui, si ton amour est partagé, tu seras bien heureux. Albane est complète..... Et vois-tu, mon petit, elle a justement tout ce qui te manque à toi.....

— Crois-tu qu'elle veuille?..... Crois-tu qu'elle m'aime?.....

— Je ne sais pas..... peut-être bien..... J'en parlerai à sa mère, veux-tu? Mais alors, mon enfant, si tu songes vraiment à fonder une famille, il faudra t'adonner de tout cœur à la tâche qu'on te confiera dans les bureaux de notre vieil ami..... Albane n'est point riche maintenant ; son père a perdu beaucoup..... Avec sa petite dot et ta position, vous pourrez vivre paisiblement, en étant bien économes..... T'en sens-tu le courage?

— Oui, répondit Jacques sans hésitation, car je l'aime.....

Alors Marguerite alla trouver Mme Pradières et la mit au courant du désir de Jacques... L'amie de Mlle Amadour, après avoir dit quelques mots à son mari, appela sa fille, et, devant elle, fit répéter tout ce que Marguerite venait de lui apprendre.

— Réponds, Albane, tu es libre.....

La jeune fille, d'un élan, alla se jeter sur le cœur de la sœur de Jacques et murmura :

— Vous l'avez rendu si bon! Je serai bien heureuse!.....

. . . .

Tout semblait décidé, les deux jeunes gens étaient radieux l'un et l'autre..... lorsque M. Pradières, qui ne s'occupait jamais d'ordinaire de sa fille, voulut connaître entièrement le pour et le contre de cette union..... C'était son droit. Mais lorsqu'il sut que Jacques n'avait plus rien en propre, rien que les cinq mille francs de l'héritage d'Ange..... lorsqu'il sut que le jeune homme avait perdu là-bas sa très humble fortune, il refusa son consentement.....

Mme Pradières n'en dit rien à personne, espérant changer la résolution de son mari..... Marguerite seulement fut dans le secret.....

Mais M. Pradières, lui, n'en faisait point mystère ; il se vanta de son refus, et bientôt, dans Hirson, tout le monde connut l'histoire et la commenta.

XVIII

Sur la route, Marguerite est seule ; pour se rendre à Hirson, elle a changé de chemin et longe à pas lents la clairière du bois..... Elle marche sans bruit, absorbée par sa pensée dominante : comment vaincre M. Pradières et faire le bonheur des enfants?..... Afin de mieux y songer, Mlle Amadour s'assied sur un talus qui borde le taillis..... Les arbres sont très épais, elle sera plus solitaire..... Mais, du côté opposé, apparaissent deux promeneuses ; Marguerite, pour ne pas être vue, ramène devant elle un jeune peuplier aux branches très flexibles.

Les deux amies causent avec animation :

— Marguerite Amadour..... Marguerite Amadour! Eh bien! savez-vous ce que je ferais, à sa place?..... Je vendrais la *Maisonnette* pour constituer à Jacques la fortune qu'il n'a plus!..... Cette maison, c'est une bague au doigt, que rapporte-t-elle?..... Tandis qu'elle se vendrait peut-être cinquante mille francs : à la porte d'Hirson, dans une position charmante, et si jolie!...

Cinquante mille francs! de quoi faire changer la résolution du père d'Albane..... Ne trouvez-vous pas?.....

— Oui, peut-être ; mais Mlle Amadour tient à sa maison, je crois..... Asseyons-nous ; on cause mieux.....

Elles s'assirent au pied du talus, tout près de Marguerite, sans la voir ; la pauvre fille retenait son souffle et n'osait bouger, prise au piège.

— Elle y tient..... Elle y tient! ce n'est pas une raison suffisante..... Cette habitation est vingt fois trop grande pour elle! Ne serait-elle pas mieux dans une petite chambre, à Hirson?.....

— Je ne le nie pas, mais.....

— Mais vous convenez avec moi que les vieilles filles sont toutes les mêmes : leur bien-être avant tout!..... Il me semble pourtant que le bonheur d'un frère passe avant..... Après tout, cela m'importe peu! qu'elle agisse à sa guise : je vous dis seulement ce que je ferais, moi..... C'est un acte tout naturel, quand on est libre comme elle, sans charges!..... Il fait humide, ne trouvez-vous pas?..... Marchons un peu, voulez-vous?.....

Elles s'éloignèrent, et Marguerite n'entendit plus leurs voix. Alors, elle se leva et continua sa route.

— Comment! cela aussi..... On le lui demandait?..... Oui, la *Maisonnette* était bien grande..... Trop grande pour elle toute seule ; mais elle était si peuplée..... peuplée des chers souvenirs.....

Il s'agissait du bonheur de Jacques, le seul bonheur qu'elle pût encore assurer..... Un mot d'elle, et M. Pradières serait désarmé.....

Tout naturel! tout naturel! et cependant..... la petite chambre d'Hirson.....: La *Maisonnette* vendue, ce n'était point le rêve échafaudé pour ses vieux jours.

« Son rêve à elle, qu'importe! a-t-elle seulement le droit de rêver? Oui, ces dames ont eu raison, elle vendra!..... »

Les joues de Marguerite sont en feu ; elle est décidée..... Mais pourtant, le doit-elle? Un doute vient de surgir dans son esprit très droit.....

Non, vendre ainsi la *Maisonnette* au seul profit de Jacques serait injuste..... Ce serait dépouiller Ypriane de l'héritage à venir de sa sœur aînée, ce serait la blesser peut-être.....

Mlle Amadour entra quelques instants à l'église, priant de

tout son cœur pour obtenir la lumière, prête à faire tout son devoir, plus que son devoir même.....

Sous le regard de Dieu, la solution jaillit très claire, et Marguerite partit, toute réconfortée.....

Elle écrirait à Yane..... Elle dirait la situation de Jacques et le refus de M. Pradières..... Ensuite, elle assurerait après sa mort aux deux jeunes ménages la possession indivise de la *Maisonnette* qu'ils pourraient vendre ou garder à leur choix..... Mais jusqu'alors, tant que Marguerite serait vivante, elle louerait la chère vieille maison et supplierait Ypriane d'en abandonner les loyers à Jacques pour faciliter ses débuts.....

Ainsi, tout serait juste..... et le père d'Albane consentirait.....

Il consentit, et aussitôt on vint suspendre à la grille mignonne de la petite maison un grand écriteau : « A louer. »

Malgré l'hiver, quelqu'un d'autre vint très vite le dépendre : la *Maisonnette* avait trouvé un amateur.....

Alors seulement Jacques, perdu dans son bonheur, se demanda où s'en irait Marguerite..... Il avait choisi son appartement très étroit et ne pouvait y réserver une place à sa mère d'adoption ;

— Pour quelques jours, vois-tu, cependant, nous nous arrangerons toujours.....

Et Marguerite souriait..... Elle avait trouvé son gîte.....

                    *   *   *

Au lendemain de la mort d'Ange, Mme d'Espy, vaincue par l'admirable exemple de Mlle Amadour, s'était réconciliée avec Dieu. Après avoir sincèrement confessé les fautes de sa vie, elle avait repris le chemin de l'église, oublié si longtemps ; elle avait pardonné surtout à celui que, jadis, elle avait chassé de son toit et dont elle venait d'apprendre la fin tragique et solitaire.

Mais, dans les voies chrétiennes, la baronne était si novice encore! Marguerite l'aiderait dans le travail de transformation qu'elle avait résolu d'accomplir. Elle avait donc supplié Mlle Amadour de vivre désormais près d'elle, l'hiver à Menton, l'été à Château-Neuf.

N'ayant plus rien en ce monde qui la retînt, Marguerite avait accepté, et, par un jour de décembre, un jour de neige, elle dit adieu à la chère maison, adieu à Jacques et à sa femme qui avaient accepté son dur sacrifice sans le comprendre, et partit toute seule.

Elle avait envoyé ses bagages en avant, désirant parcourir encore lentement le chemin familier.....

Tous les arbres étaient dépouillés; à leurs branches pendaient de longs fils de glace..... Le sol du petit sentier disparaissait sous un manteau blanc.

C'était la fin de tout, la saison morte..... Les oiseaux grelottaient, cherchant en vain l'aumône d'un peu de chaleur. Marguerite songea que cette nature était le miroir de sa vie, de son âme.....

Alors, dans ce ciel d'hiver, Dieu fit luire un petit rayon..... Il glissa, timide, sur toutes ces choses endormies..... La neige froide, à son contact, se teinta de flammes roses, et les petits oiseaux frileux vinrent s'y réchauffer.

Mlle Amadour sourit; et le rayon avait pénétré aussi dans son âme.....

Qu'importaient après tout les injustices humaines?..... Elle avait accompli sans bruit sa tâche auprès des orphelins..... Ils étaient heureux tous, au ciel ou sur la terre..... sa vie à elle semblait ne plus avoir de but..... plus de joie..... Mais Dieu saurait y allumer encore des rayons consolants.....

Il l'envoyait seule dans le monde inconnu..... Elle y prendrait sa place....., une place toute petite, où elle pourrait encore et toujours faire un peu de bien.....

Elle reviendrait parfois chez Jacques, chez Ypriane..... Et puisqu'elle les saurait heureux, elle ne pourrait plus rien désirer.....

Oui, ils étaient heureux, bien heureux à sa place..... Ne l'avait-elle pas voulu, demandé?.....

Ils la voyaient partir, un peu tristes, car ils l'aimaient..... Seulement, elle avait toujours su porter si vaillamment ses fardeaux qu'ils avaient fini par croire, comme les autres, que Marguerite était heureuse aussi.....

L'un et l'autre, ils avaient tout accepté d'elle..... soins, tendresse, bonheur..... Maintenant qu'elle ne leur était plus nécessaire, ils ne songeaient pas qu'elle avait tout sacrifié pour eux :

— C'est dommage qu'elle ne se soit point mariée, pauvre Guite!.....

Et, sans aller plus avant dans les choses, ils ne se disaient pas que si la grande sœur avait déserté la *Maisonnette*, eux, les petits, eussent été orphelins tout à fait.....

C'est pourquoi, par ce matin d'hiver, Mlle Amadour s'en va toute seule.....

Elle sait que, là-haut, Dieu la voit, la bénit ; elle sait que ses parents, sa petite Ange l'attendent et qu'elle n'a rien négligé pour ceux qui lui étaient confiés.....

Elle s'en va, la « vieille fille », résignée, courageuse..... Peut-être encore quelqu'un aura-t-il besoin d'elle ici-bas? Cette pensée la soutient.

Pas plus qu'autrefois, d'ailleurs, elle ne désire être plainte..... On la verra sourire encore, porter le fardeau de ceux qui réclameront son secours, et, la voyant passer, les indifférents pourront dire :

— C'était sa vocation! elle est vieille fille endurcie..... Enfin, si cela lui plaît..... chacun son goût : c'est *tout naturel !*

FIN

POUR PARAITRE LE 1er SEPTEMBRE 1912

FATAL BOULET

Par LUCIEN DARVILLE

Prix : 20 centimes. — *Port :* 10 centimes.

124-12. — Imprimerie P. Féron-Vrau, 3 et 5, rue Bayard, Paris, VIIIe.